행복 정거장

행복
정거장

초판 1쇄 발행 | 2009년 1월 15일
개정판 1쇄 발행 | 2012년 8월 30일

엮은이 | 박성철
펴낸이 | 박영욱
펴낸곳 | 북오션

경영총괄 | 정희숙
책임편집 | 이상모
편집 | 임은희 · 주재명 · 권기우
마케팅 | 최석진
표지 및 본문 디자인 | 최희선
디자인 | 서정희

주 소 | 서울시 마포구 서교동 468-2번지
이메일 | bookrose@naver.com
트위터 | @Book_ocean
페이스북 | bookocean
카 페 | http://cafe.naver.com/bookrose
전 화 | 편집문의 : 02-325-5352   영업문의 : 02-322-6709
팩 스 | 02-3143-3964

출판신고번호 | 제313-2007-000197호

ISBN 978-89-93662-84-9 (03810)

행복 정거장

박성철 엮음

북오션

행복이 무엇인지 알기 전에 아픔을 먼저 알아버리고 점점 더 슬픔에 익숙해지는 사람들이 있습니다.

눈앞에 짙게 드리워진 안개 때문에 주위 사람들을 보지 못하고 자기 눈앞에 놓인 것만이 진실이라고 목소리를 높이는 사람들도 있습니다. 통장의 잔액에는 촉각을 곤두세우면서 사람의 향기에는 무덤덤해진 지 오래인 사람들도 있지요.

감정이 녹슬어간다는 것은 우리 삶이 녹슬어간다는 말과 같습니다. 가슴속에 항상 네모반듯한 대차대조표를 만들어 놓고 살아간다면 세상은 더 이상 우리에게 아름다울 수 없죠.

도시의 소음 속에서 숨 가쁘게 달려오기만 한 우리들…….

엔진도 때로는 열을 식혀주어야 더 큰 힘을 발휘하는 법입니다.

쉼표 없이 달리기만 하면 숨이 차올라 오래도록 달리지 못합니다.

한순간이라도 잠시 복잡한 일상을 잊고 마음의 쉼터를 찾아 여유와 편안함을 느낄 수 있는 시간이 되기를 바랍니다. 쳇바퀴 돌듯 바쁘게 돌아가는 시간 속에서 잠시나마 세상과의 불협화음에서 벗어나 마음의 평정을 찾기를 바랍니다.

따뜻한 차 한 잔과 함께 천천히 책장을 넘기며 생각에 잠겨 보세요. 살아가면서 보이지 않았던, 바쁜 생활 속에서 볼 수 없었던 소중한 것들을 볼 수 있는 여유로움이 충만하게 될 것입니다.

이 책은 누구에게나 주어지지만 그 누구와도 같을 수 없는 우리 삶에 푸른 그늘을 드리워주는 쉼터가 되어줄 것입니다. 이 책이 나올 수 있도록 도와주신 여러 지인들과 출판사 사장님께 감사의 마음을 전합니다.

박성철

Contents

행복한 첫걸음

#1 Story

소중한 인생을 그리다

#2 Story

사랑의 위력으로

#3 Story　행복의 노을 속으로

#4 Story　희망의 이름으로

＃1 Story

소중한 인생을 그리다

인생이란 한 손에는 행복의 황금관을 들고 다른 한 손에는 고통의
고리를 들고 있는 것과 같다. 인생에서 진정한 행복은 이 두 개의 관
을 함께 갖는 것이다.

— 엘렌 케이

남은 것은 사랑뿐

대통령이 어느 작은 도시를 방문했습니다. 그 도시는 공업화된 이후에 가장 잘사는 도시라고 했지만 사람들 사이에 정이 없기로 소문난 곳이었습니다.

대통령은 자신을 환영하러 나온 군중들 앞에서 이렇게 말했습니다.

"이 도시에는 사랑하는 제 아들이 살고 있습니다. 여기에서 학교를 다니고 있으니 저를 봐서라도 제발 제 자식을 사랑으로 대해 주십시오."

하지만 대통령은 끝내 자신의 자녀가 몇 살이고, 어느 학교를 다니는 누구인지 이야기하지 않았습니다.

　　그날 이후 그 도시의 사람들은 누가 대통령의 아이인지 몰라 길에서 만나는 모든 아이들에게 밝은 얼굴로 다정하게 대했습니다. 그러다보니 어른들끼리도 서로 웃음 띤 얼굴로 인사를 나누게 되어 사랑이 넘치는 곳으로 변하기 시작했습니다.

　　그렇게 시간이 흘렀지만 대통령은 자신의 아들이 누구인지 끝내 밝히지 않았습니다.

　　"대통령님 자녀를 찾다보니 우리 도시가 이렇게 달라졌습니다. 이제 자녀분이 누구인지 말씀하실 때도 되지 않았습니까? 그리고 그 자녀분을 데리고 가셔야 할 때가 된 것 같은데요."

　　도시 책임자의 말에 대통령이 웃으며 대답했습니다.

　　"누구를 데리고 간단 말인가? 내가 이 도시에 남겨놓은 것은 바로 '사랑' 일세. 사랑이 이 도시에 그토록 아름답게 살고 있는데 내가 감히 누구를 데려가겠는가……."

　　삶에서 미소 짓고 사랑하는 시간을 따로 떼어두십시오. 그렇게 하면 우리들의 가슴에 북소리를 울려주는 영혼의 음악이 됩니다.
　　조그마한 사랑의 실천은 자신에게서 그치는 것만이 아닙니다. 사랑은 그 전염성이 워낙 강하기에 금세 전염되어 퍼져나가게 되어 있습니다.

내가 먼저 실천하는 조그만 사랑이 나를 바꾸고, 내 주위를 바꾸고, 급기야 세상을 바꿀 수 있다는 신념을 간직한 삶, 그런 삶을 살아가는 그대가 되기를…….

아버지의 노트

인간의 사랑은 인간의 위대한 영혼을 더욱 위대한 것으로 만든다.
– 쉴러

얼마 전에 아버지를 여읜 청년이 있었습니다. 그는 잡지사에 근무했던 아버지의 일을 자주 도와드리며 성장했습니다. 그러다 보니 아버지의 서재 어느 곳에 무엇이 있고, 어떤 종류의 책이 있는지 알고 있었습니다. 심지어 개인 원고의 내용까지 훤하게 다 알고 있었습니다.

생전에 아버지는 밤늦게까지 서재에 있곤 했는데, 유일하게 그 시간만은 아무도 서재에 들어갈 수 없었습니다. 가끔 새벽녘까지 불이 켜져 있는 서재를 바라보며 청년은 아버지가 무엇을 하고 계실까, 늘 궁금했습니다.

서재에서 유품을 정리하던 청년은 아버지의 책상에 앉아 깊은 생각에 잠겼습니다.

"아버지는 책상에 앉아 무슨 생각을 하셨을까?"

그는 책상 서랍을 열어보았습니다. 그런데 서랍 한 귀퉁이에 한 번도 보지 못한 노트 한 권이 놓여 있었습니다.

설레는 마음으로 그 노트를 집어든 청년은 그리운 아버지를 생각하며 펼쳐보았습니다.

거기에는 어머니와 다른 가족들의 이름, 친지와 친구들의 이름이 적혀 있었는데, 개중에는 전혀 모르는 사람들의 이름도 보였습니다.

청년은 어머니에게 물었습니다.

"저는 처음 보는 건데 어머니는 이 노트에 대해 아세요?"

어머니는 그 노트를 들고 한 장씩 넘겨가며 회상에 잠기듯 얘기했습니다.

"이것은 네 아버지의 기도 노트란다. 매일 밤 한 사람씩 이름을 짚어가며 조용히 감사의 기도를 올렸단다."

노트의 용도를 알게 된 청년이 이번에는 낯선 이름들에 대해 다시 물었습니다.

"그런데 이분들은 누구죠?"

"아버지에게 상처를 준 사람들이란다. 아버지는 매일 그들을 용서

하는 기도를 올리셨지."

어떻습니까? 당신도 매일 밤 잠들기 전에 자신을 힘들게 했던 이들을 위해 용서와 화해의 간절한 기도를 올리는 것이…… 그리하여 아침이 밝아오면 그들에게 그윽한 사랑의 눈길을 보낼 수 있는 사람이 되는 것이.

용서한다는 것은

우리가 존중해야 하는 것은 단순한 삶이 아니라 올바른 삶이다.
– 소크라테스

영국의 유명한 웰링턴 장군이 겪었던 일입니다. 웰링턴 장군의 부하 중에 상습적으로 탈영을 하는 자가 있어, 장군은 그에게 사형 선고를 내리기로 마음먹었습니다. 웰링턴 장군은 침통한 목소리로 부하에게 말했습니다.

"나는 최선을 다해 너를 교육했다. 그러나 너는 결코 달라지지 않았다. 별 수 없이 너는 그 대가를 치러야 한다."

얼마 후 사형 준비를 하고 있는데 갑자기 웰링턴 장군의 보좌관이 이렇게 얘기하는 것이었습니다.

"장군님, 장군님께서 아직 이 사람에게 시도해보지 않은 것이 한 가지 있습니다.”

웰링턴 장군이 그것이 무엇이냐고 물었습니다.

“장군님이 시도해본 적이 없는 것은 바로 이 사람을 용서하는 일입니다.”

지혜로운 보좌관의 충고를 받아들여 웰링턴 장군은 그 탈영병을 무조건 용서했습니다. 그 후 그는 다시는 탈영을 시도하지 않았고 용맹스럽고 충성스러운 부하가 되었습니다.

아프리카의 깊은 숲속에 있는 한 부락의 원주민들에게는 세계 어느 곳에도 없는 풍습이 있는데, 그것은 바로 ‘용서 주간’ 이라는 것입니다.

날씨가 좋은 날에 실시하는 이 풍습은 모든 사람들이, 누구에게나, 어떤 잘못이라도 용서하기로 서약을 하는 주간입니다. 따라서 이 주간에는 그것이 오해이든 사실이든 상관없이 모두 용서해야 합니다.

용서에 인색한 우리는 꾸중과 원망, 질책들이 사람을 변화시키는 것이 아니라, 사랑을 동반한 용서만이 사람을 변화시킬 수 있다는 사실을 가슴 깊이 새겨둬야 할 것입니다.

사랑으로 변하는 당신

지독하게 못생긴 한 남자가 있었습니다. 그런 그가 너무나도 예쁜 한 여인을 사랑하게 되었습니다. 그 남자는 자신의 처지를 생각하여 그 여인을 사랑하지 않으려고 했습니다. 하지만 자연스레 그녀에게 향하는 자신의 감정을 숨길 수가 없어 용기를 내서 고백했습니다. 하지만 그녀는 이런 그의 마음을 냉정하게 외면했습니다.

그는 최후의 수단으로 멋진 가면을 쓰고 청혼했습니다. 여인은 같은 사람인 줄도 모르고 멋있고 늠름한 모습에 반해 남자의 청혼을 받아들였습니다.

결혼한 후 그는 여인을 위해 자신의 모든 것을 바쳤습니다. 그녀가 슬플 때는 언제나 든든한 어깨가 되어 주고, 작은 일 하나까지 세심하게 배려를 해주었기에 그녀에게 있어 그는 최고의 남편이었습니다.

행복한 결혼생활을 하던 어느 날, 남자는 친구 한 명을 집으로 초대했습니다. 그 친구는 그의 비밀을 알고 있었습니다.

하지만 이미 사랑하는 사이가 되어버린 두 사람에게 얼굴이 무슨 상관이 있겠냐고 생각한 친구는 장난기가 발동해, 신부를 놀라게 해 줄 마음으로 갑자기 그의 가면을 벗겨버렸습니다.

그런데 놀라운 일이 벌어졌습니다. 못생기고 추하리라 생각했던 것과는 달리 그는 이미 가면과 똑같은 얼굴을 가진 사람으로 변해 있었던 것입니다.

사랑하면 누구나 변합니다. 무엇이든 깊이 사랑하고 있는 사람의 얼굴에는 알 수 없는 아름다움이 스며 있기 때문이죠.

우리의 미를 가꾸는 방법은 사랑하는 것, 세상의 모든 것을 사랑하는 일임을 이제 아시겠습니까?

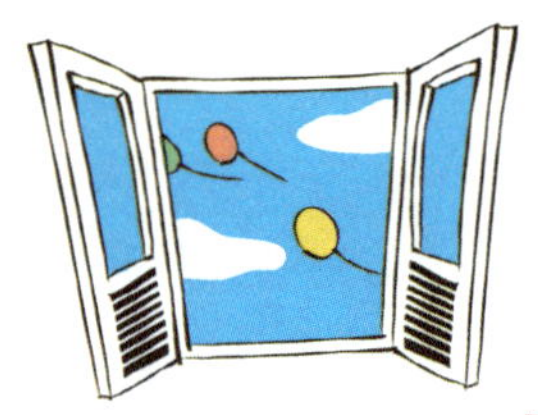

지금 우리에게 필요한 것

벙어리에다 귀머거리이며, 장님인

한 소녀가 있었습니다. 어느 날 소녀는 조심스레 정원을 거닐다가
더듬어서 찾아낸 꽃 한 송이를 꺾었습니다.

'선생님께 갖다 드려야지.'

그 꽃을 선물받은 선생님의 얼굴에는 미소가 가득했고, 소녀의 손
바닥을 펴서 이렇게 글을 썼습니다.

'나는 너를 사랑한단다.'

소녀는 글을 손바닥 끝의 감각으로 읽어냈습니다.

하지만 사랑이 무엇인지 보지도 듣지도 못한 소녀는 선생님에게

물었습니다.

'선생님, 사랑이 뭐예요?'

그 말을 들은 선생님은 소녀의 손을 자신의 가슴에 살며시 얹었습니다.

'사랑은 바로 여기에서 시작된단다.'

소녀는 알 수 없다는 듯이 고개만 갸우뚱거렸습니다. 하지만 손바닥 끝으로 전해오는 움직임을 들었습니다. 콩닥콩닥 미세하게 뛰는 심장 소리를……

'선생님, 사랑이란 향기로운 꽃향기와도 같은 것인가요?'

소녀는 선생님께 드린 꽃의 향기를 맡으며 물었습니다.

'아니, 반드시 그렇지는 않단다.'

우중충했던 날씨가 점점 개듯이 옅은 구름 사이로 햇살이 내리쬐자 소녀가 다시 물었습니다.

'사랑은 이런 건가요? 어두웠다가 밝아지는 것처럼 말이에요.'

'아니란다. 사랑은 하늘에 있는 구름과도 같단다. 태양이 머리를 내비치기 전에 있는 구름 말이야.'

소녀는 알 수 없다는 듯이 고개를 갸우뚱거렸습니다.

'사랑은 이런 것이란다. 구름은 직접 만져볼 수가 없어. 하지만 그 구름으로 인해서 비가 내리지. 그 비는 손으로 직접 만질 수 있고,

자연은 모두 비를 맞으려고 야단이지. 비는 풀, 나무, 꽃, 그리고 모든 자연에게 생명과도 같아. 따사로운 햇살을 맘껏 받은 후에 쏟아지는 빗줄기가 바로 사랑이야. 사랑은 손으로 만질 수도 없고, 눈에 보이지도 않지만 그것을 받으면 한없는 기쁨과 행복감을 느끼게 되는 거야. 그렇게 우리에게 사랑은 소중한 것이란다.'

'선생님, 사랑은 정말 좋은 것이군요. 지금 누구에게나 가장 필요한 것이고요.'

'그래, 사랑은 희망 같은 거야. 희망은 사람을 밝게 만들고, 그것 없이 사람은 아무것도 이룰 수가 없단다. 어둠에서도 밝음을 볼 수 있는 것, 그게 바로 사랑이니까.'

심리학자인 레너도 캐머가 말했습니다.

"인간은 혼자서 살아갈 수 없는 유일한 동물이다. 한 통의 전화, 단 십 분의 방문, 따스한 말 한 마디가 어떤 간호사보다 큰 힘을 준다. 우리는 간호사를 돈으로 살 수 있지만, 사랑을 살 수는 없다."

사랑이 눈부신 햇살 같은 기쁨만으로 이루어지는 것이 아니라, 그만큼의 아픔과 눈물을 딛고 일어서는 것이라 할지라도 우리는 사랑하고 살아야 합니다. 사랑만이 오염된 지구를 고치고 상처난 사람들을 치료해줄 수 있기 때문입니다. 오염된 지구에 공기청정제가 되어 모두를 치료해주는 사랑.

자기 마음속에 사랑이 깃들어 있을 때 마음껏 나눠주십시오. 자신이 알고 있는 것을 다른 사람에게 가르쳐주면 그 지식이 줄어드나요? 사랑도 마찬가지입니다. 다른 사람들에게 아낌없이 나눠줄수록 사랑은 이자처럼 불어납니다.

2천 불짜리 우유

곤궁한 사람에게 마시게 할 약은 오직 희망뿐이다.
부유한 사람에게 마시게 할 약은 근면뿐이다.
– 셰익스피어

미국 미네소타주에 있는 로체스터시에는 메이어라는 유명한 병원이 있습니다.

어느 무더운 여름날, 그 병원의 원장인 메이어 박사가 진료를 하러 가던 중 그만 언덕길에서 차가 고장났습니다. 어쩔 수 없이 메이어 박사는 누군가에게 도움을 청하기 위해서 뜨거운 햇볕을 받으면서 먼 길을 걸어 산 아래 마을에 도착했습니다.

그때 마을에 살고 있는 한 부인이 더위에 지쳐 있는 그를 안쓰럽게 쳐다보며 물었습니다.

"더위에 몹시 지쳐 보이는군요. 시원한 우유 한 잔 드시겠어요?"

메이어 박사가 우유를 한 잔 마시고, 또 한 잔을 더 청하자 부인은 빙그레 웃으며 우유를 한 잔 더 주었습니다.

그리고 몇 해가 흘렀습니다.

메이어 박사에게 우유를 주었던 부인이 심각한 병에 걸려 메이어 병원에 입원해 대수술을 받고 살아나게 되었습니다. 수술 후 집에서 요양을 하고 있던 그녀에게 일하러 나간 남편이 돌아와서는 치료비 청구서를 보여주었습니다.

청구서를 읽어보니 수술비와 치료비가 무려 2천 불이 넘었습니다. 그런데 청구서 아래에는 다음과 같은 놀라운 글이 적혀 있었습니다.

'2천 불의 치료비는 예전에 당신이 준 시원한 우유 두 잔으로 모두 지불되었습니다. – 메이어 박사'

한때 전 미국에서 열풍을 일으킨 운동이 있습니다. 자동차, 담벼락, 유리창 등 거리 곳곳에 붙어 있던 이 운동의 슬로건은 바로 이것입니다.

'때로 너의 인생에서 엉뚱한 친절과 정신 나간 선행을 실천하라.'

모르는 사람에게도 얼굴을 찡그리지 말고 늘 미소로 대하고, 어떤 일로 힘들어하는 사람을 외면하지 말고 관심을 보이며, 때로는 내가 지나치다 싶을 정도의 친절과 선행을 베풀자는 이 운동, 오늘부터라도 실천에 옮겨야겠다고 다짐해봅니다.

마음의 소리가
들리나요?

자신이 하고 싶은 일이 잘 되지 않는다며 불평만 하는 소년이 있었습니다. 소년은 어느 날부터 기도를 하기 시작했습니다.

"하나님, 꼭 만나고 싶어요. 그래서 제가 원하는 일을 말하고 싶어요. 저를 꼭 만나주세요."

며칠 후 소년은 꿈을 꾸었습니다. 꿈에서 하나님이 나타나 말했습니다.

"내일 너희 집에 가마."

그 다음날 소년은 두근거리는 마음으로 하나님을 기다렸습니다.

비가 내리고 안개까지 낀 음침한 날씨라서 그런지 하나님은 계속 나타나지 않았고, 그로 인해 소년은 화가 나 있었습니다.

그런데 웬 거지가 소년의 집 밖에서 비를 맞고 서 있는 것이었습니다. 화가 치민 소년은 문을 꽝 닫고 들어와 울고 말았습니다. 그날 밤이었습니다.

꿈에 하나님이 다시 나타나 이렇게 말했습니다.

"애야, 오늘 내가 비를 맞고 너희 집에 갔었는데 왜 나를 만나주지 않았느냐?"

사물의 껍데기는 자기를 보호하고 감추는 기능이 있지만, 그 속의 진실은 껍데기와 상관이 없습니다.

외모나 옷차림 같은 눈에 보이는 것들보다 더 중요한 것은 그 사람의 마음에 들어 있는 눈에 보이지 않는 내면입니다.

'우리'가
사라져가는 세상

인간은 각자 자신의 운명을 손바닥에 쥐고 있다.
완전한 자신의 작품이며 자기의 것인 생활을 창조하지 않으면 안 된다.
－ 헤르만 헤세

한 학생이 선생님에게 달려와 격양된 어조로 말했습니다.

"선생님, 전 사람들을 이해할 수가 없어요."

선생님은 그 학생이 무슨 일로 흥분해 있는 것인지 의아했습니다.

"뭘 이해할 수가 없다는 거니?"

"어제 집에 가다가 허름한 옷을 입고서 동냥을 하는 거지 아저씨를 보았어요. 사람들은 그 모습을 보고 모두 그냥 지나쳤어요. 예쁜 화장을 한 언니는 무관심한 표정으로, 온갖 장신구로 치장을 하고 근사한 핸드백을 들고 오던 아주머니는 길 가는 데 방해된다며 짜증

을 내고 지나갔어요. 그런데 볼품없는 옷을 입고 보따리를 지고 오던 어떤 아주머니가 주머니를 뒤지더니 천 원짜리 몇 장을 아저씨에게 주었지요. 그리고 친절하게 웃으며, 돈이 많이 없어 미안하다고 이야기하는 것을 봤어요. 선생님, 전 이해할 수가 없어요. 왜 부자처럼 보이는 사람들은 거지를 도와주지 않고 오히려 가난해 보이는 그 아주머니가 아저씨를 도와주는지 말이에요."

선생님은 학생의 말에 부끄러움을 느끼며 생각에 잠기더니 이렇게 말했습니다.

"애야, 창밖을 내다보렴. 무엇이 보이니?"

"네? 개나리가 피어 있는 동산이 보여요."

"그렇다면 이 거울을 보렴. 무엇이 보이니?"

"제가 보이는데요."

"언젠가 학교에서 거울 만드는 방법을 배운 적이 있지? 창문도 거울도 똑같은 유리로 만들어졌는데, 왜 투명한 유리에다 은가루를 조금만 뿌리면 자기 자신밖에 보지 못하는 거울이 되는 걸까?"

아직은 완전히 이해할 수 없지만 그래도 뭔가를 느낀 듯한 학생을 보며 선생님은 그가 따뜻한 가슴을 가진 어른이 될 것이라고 생각했습니다.

얼마 전 스웨덴의 주부들 사이에서 유행하던 접시가 있습니다.

흰 바탕에 사과와 푸른 잎이 그려져 있고, '나는 나, 너는 너, 하지만 서로에게 사랑을' 이란 문구가 적힌 접시였습니다.

가지면 가질수록, 소유하면 소유할수록 '나' 라는 목소리가 높아지고 '우리' 라는 단어가 사라져가는 세상.

그런 세상을 향해 영화 〈레미제라블〉은 마지막 장면에서 이렇게 이야기했습니다.

"인생은 소유하는 것이 아니라 주는 것입니다."

천국과 지옥
사이에는 배려가 있다

사람의 유일한 위엄은 스스로를 낮추는 능력이다.
- 산타야나

저승사자의 사무 착오로 죽을 때가 되지도 않았는데 저승으로 가게 된 사람이 있었습니다. 자신의 실수를 알게 된 저승사자는 대신 그 사람에게 천국과 지옥을 모두 구경할 수 있는 기회를 주었습니다.

먼저 지옥을 구경하게 된 그는 으리으리한 방의 커다란 식탁에 가득 차려 있는 맛있는 음식들을 보고 놀랐습니다. 그런데 이상한 점은 식탁에 둘러앉아 있는 사람들이 모두 뼈밖에 남지 않은 처참한 몰골로 서로 언성을 높여 싸우고 있는 것이었습니다.

왜 맛있는 음식을 먹지 않을까 의문이 들었는데 자세히 보니 사람들의 왼손은 의자에 묶여 있었고 오른손에는 2미터쯤 되는 긴 수저가 묶여 있었습니다.

그 긴 수저로 먹으려고 하니 음식이 자신의 입에는 들어가지 않고 앞 사람에게 모두 쏟아지는 것입니다.

"너 때문에 밥을 못 먹잖아!"

"뭐라고? 너 때문에 내가 밥을 못 먹고 있잖아!"

이번에는 천국에 가보았습니다.

천국 사람들은 모두 정다운 얼굴로 웃으며 식사를 하고 있었습니다. 지옥과 마찬가지로 왼손은 의자에 묶여져 있고 오른손에는 2미터 가량의 수저가 묶여 있는데도 말입니다.

이내 그 이유를 알게 되었습니다. 긴 수저로 음식을 덜어 마주앉아 있는 상대방에게 먹여주며 이렇게 말했습니다.

"먼저 드시죠."

"아닙니다. 먼저 드시지요."

저승사자가 말했습니다.

"잘 보았느냐? 내가 먼저라고 주장하는 세상은 지옥이 되고, 상대방이 먼저라고 배려하는 세상은 천국이 되는 것을."

사랑은 사람을 치료해줍니다. 사랑을 주는 사람, 사랑을 받는 사람 모두를 치료해줍니다. 사랑하는 시간을 사랑하세요. 그 시간은 서로가 서로의 몸과 마음을 치료한 시간입니다. 상대방에게 전하는 따뜻한 말 한 마디, 고운 눈길, 짧은 쪽지 한 장이 세상에 어떤 약보다 당신을 건강하게 해줄 것입니다.

믿음이 없는 곳에
비극이

가정이 가난하면 양처를 생각하고,
나라가 어지러우면 양상을 생각한다.
– 사마천

어떤 사람이 몇 년 동안 다니던 직장에서 해고를 당한 뒤 실의에 빠져 있었습니다.

그의 아내는 그가 벌어놓은 돈도 없는데다 집에서 하는 일 없이 빈둥거리자 그것이 몹시 눈에 거슬렸나 봅니다. 참다못한 아내는 이미 애정도 식은 마당에 무능하기만 한 남편이 꼴보기 싫다며, 별거를 하자고 말했습니다.

그러던 어느 날 남편이 아내를 찾아가서 빌었습니다.

"이제 열심히 살 테니 집으로 돌아갑시다. 변한 내 모습을 당신에게 보여주겠소."

하지만 아내는 냉정하게 거절하고 그를 경멸하는 눈빛으로 바라보았습니다. 진실한 모습을 보이려 했지만 아내에게 외면당한 남편은 이렇게 말하며 떠나버렸습니다.

"당신은 나를 무능한 남자로 보고 있을지 모르지만 나도 세상을 깜짝 놀라게 할 수 있는 사람이라는 것을 보여주겠어."

며칠 후 미국 달라스에서 몇 발의 총성이 울려퍼졌습니다. 미국의 대통령 존 F. 케네디가 저격을 당한 것입니다.

저격범은 다름 아닌 그 여인의 남편인 오스왈드였습니다.

비극은 언제나 믿음이 없는 곳에서만 일어나는 법입니다. 비극은 언제나 사랑이 없는 곳에서만 일어나는 법입니다.

사랑의 기적

어느 날 밤 촛불과 하나가 되겠다는 욕망을 가진 나비들이 한자리에 모여 토론을 했습니다.

"우리 중 누군가를 보내 사랑과 모험의 대상인 촛불에 대해서 알아오도록 합시다."

그들 중 하나가 뽑혀 성을 향해 출발했습니다. 그는 성 안에서 촛불을 발견하고 돌아와 자기가 보고 이해한 대로 이야기했습니다. 그러자 나비들은 아무도 촛불을 이해할 수 없다고 말했습니다.

그래서 이번에는 다른 나비가 갔습니다. 그는 날개 끝으로 촛불을 살짝 건드렸지만 너무 뜨거워 도저히 가까이 갈 수가 없었습니다. 두 번째 나비의 말도 첫 번째 나비의 말과 별로 다를 것이 없었습니다.

그래서 세 번째 나비가 떠났습니다. 사랑에 취한 그 나비는 자신의 몸을 불 속에 던졌습니다. 불꽃을 꼭 껴안자 그의 몸은 붉은색으로 변해갔습니다.

멀리서 이 광경을 지켜보고 있던 한 지혜로운 나비가 무엇인가 깨달은 듯 이야기했습니다.

"그는 알고 싶어 하던 것을 알게 되었다. 그러나 오직 그만이 그것을 이해할 수 있으리라. 그리고 아무도 그 이상은 이해할 수 없을 것이다."

사랑은 두 개의 육체에 하나의 영혼이 깃들어 사는 것입니다.

사랑하는 사람이 바다라면 자신이 소금으로 만든 인형이라도 그를 알기 위해서는 기꺼이 바다로 뛰어들 수 있는 용기가 있어야 합니다.

"사랑은 죽음보다 강하다. 죽음의 공포보다 강하다. 오직 사랑에 의해서만 인생은 받쳐지고 움직여지는 것이다." 라는 러시아 작가 투르게네프의 말이 가슴깊이 스며듭니다.

세상에서 가장
아름다운 선물

가장 훌륭한 사람은 괴로움을 극복하고 기쁨을 얻는다.
— 베토벤

백발이 성성한 한 늙은 소리꾼이 가야금을 뜯으며 노래를 부르기 시작했습니다. 사람들은 그의 노랫소리에 깊이 빠져들었습니다.

노래를 끝낸 늙은 소리꾼이 은행나무 가지에 가야금을 걸자 한 젊은이가 떨리는 목소리로 말했습니다.

"난 수많은 소리꾼의 노래를 들어보았지만 당신만큼 대단한 사람을 보지 못했습니다. 비록 제가 아무것도 가진 것 없는 가난뱅이지만 당신의 노래에 감사하는 뜻으로 뭔가 선물을 하고 싶습니다."

늙은 소리꾼이 말했습니다.

“젊은이는 벌써 선물을 하였소. 나는 이제껏 그보다 더 아름다운 선물을 받은 적이 없다오.”

어리둥절해진 젊은이가 물었습니다.

“선물을 했다니요? 그게 무슨 말씀입니까?”

늙은 소리꾼이 만면에 아주 환한 웃음을 띠며 천천히 대답했습니다.

“당신의 웃음 띤 얼굴과 칭찬 말이오.”

삶이라는 기나긴 여정에서 한 배를 타고 살아가는 사람들과 즐겁게 항해하기 위해서는 ‘인생의 패스포트’가 필요합니다.

사랑과 평화가 넘치는 그 길로 가기 위한 인생의 패스포트는 바로 서로에게 던지는 밝은 인사와 아름다운 미소, 그리고 칭찬입니다.

너희는 둘이잖아

어떤 거지가 몸이 가려운지 유대인들의 정신적 지도자인 랍비의 집 대문 기둥에 등을 대고 비비고 있었습니다.

정원을 거닐다 이상한 소리를 듣고 문을 열어본 랍비는 거지를 불쌍하게 여겼습니다. 그래서 안으로 데리고 들어가 목욕을 시키고 옷을 갈아입힌 다음 먹을 것을 주었습니다.

그 다음날이었습니다.

이야기를 들은 또 다른 거지 부부가 찾아와서는 어제의 거지처럼 대문 기둥에 등을 비비고 있었습니다.

잠시 후 그 광경을 본 랍비는 그들을 잡아들여 곤장을 때린 다음 쫓아버렸습니다.

거지 부부가 쫓겨나면서 어제 온 거지와 공평하게 대우해주지 않았다며 불평하자 랍비가 말했습니다.

"어제의 거지는 혼자여서 기둥에다 비벼 긁을 수밖에 없지만, 너희는 둘이니 서로 등을 긁어줄 수 있지 않느냐? 서로 돕고 이해하며 사랑하지 못하고 얕은꾀로 살아가려고 하는 너희들에게 이런 대접은 당연하지!"

새는 날 수 있습니다. 그것은 두 날개를 가지고 있기 때문입니다. 정확하게 말하면 두 날개가 서로 같은 방향으로 균형을 이루며 날갯짓을 하고 있기 때문입니다.

한쪽 날개는 오른쪽으로, 또 다른 한쪽 날개는 왼쪽으로 제각기 움직인다면 새는 더 이상 날 수 없습니다. 양쪽 날개가 서로 다른 방향으로 날려고 하면 찢겨나가는 아픔을 겪으며 추락하고 마는 것입니다.

한 날개가 다른 날개를 이해하며 보조를 맞춰 나란히 날갯짓을 할 때 비로소 날아오르는 것입니다.

같은 하늘 아래 살고 있는 우리, 서로 비상할 수 있도록 보조를 맞추며 하얀 세상을 향해 날아오르는 새들입니까? 아니면 혼자서 마음대로 날갯짓을 하며 결국에는 추락하고 마는 어리석은 새들입니까?

토끼가 달 속에
있는 이유

사랑은 사람을 행복하게 한다.
왜냐하면 사랑은 인간과 신을 맺어주기 때문이다.
― 톨스토이

어느 날 여우와 원숭이, 토끼가 하나님을 찾아가 자신들의 됨됨이를 자랑했습니다.

그러던 중 갑자기 하나님이 시장기가 돈다고 하셨습니다.

모두들 존경하는 하나님을 위해 음식을 구해오겠다고 밖으로 뛰어나갔습니다. 잠시 후 여우는 잉어와 새를 물어왔고, 원숭이는 도토리를 들고 왔는데, 토끼만 아무것도 가져오지 않은 빈손이었습니다.

토끼는 얼굴을 붉히며 모닥불을 지폈습니다. 그러고 나서 갑자기 불 속으로 뛰어들며 말하기를 내 고기가 다 익거든 잡수시라고 하는 것이었습니다.

토끼의 진심을 알게 된 하나님은 그의 됨됨이를 높이 평가해 유해나마 길이 우러러보라고 달에다 옮겨놓았습니다.

지금도 달 속에 토끼가 살고 있다고 믿는 이유는 그것이 헌신과 사랑의 표상이기 때문입니다.

어린 시절에 토끼가 달 속에서 떡방아를 찧고 있는 모습을 보며 저 떡을 누구에게 줄까 생각해본 적이 있습니다.

시간이 흐른 지금에야 토끼가 떡방아를 찧어 지상에 있는 우리들에게 주려는 것이 무엇인지 조금 알 것 같습니다.

세상 사람들이 서로 공유하지 못하는 헌신과 사랑을, 달 속의 토끼가 어두운 밤의 지킴이가 되어 우리에게 아낌없이 내어주려는 것이 아닐까요?

그가 힘들어할 때 달려가세요

한 어머니가 아들의 전사 통지서를 받았습니다. 어머니는 전쟁터에서 죽어가는 아들의 모습을 상상하며 가슴이 너무 아파 도저히 슬픔을 견딜 수 없었습니다.

어머니는 간절하게 기도를 했습니다.

"아, 한 번만이라도 내 아들을 볼 수 있다면…… 단, 오 분만이라도……."

천사가 그 애절한 기도를 듣고 말했습니다.

"아들을 오 분 동안 만나게 해줄게요. 그런데 몇 살 때의 아들을 만나고 싶나요? 학교 단상에 올라가 상장을 받던 아들의 모습인가

요? 재롱을 피우며 당신을 즐겁게 해주던 귀여운 모습의 아들인가
요?"

어머니는 찬찬히 생각하더니 대답했습니다.

"언젠가 어떤 잘못을 저지르고 나에게 사과하러 정원을 가로질러
달려오던 그때의 내 아이와 오 분만 만나게 해주십시오. 그때 그 애
는 너무 어려서 무척 낙심하고 있었어요. 눈물 자국으로 얼룩진 애
처로운 모습으로 내 품을 향해 뛰어들어왔기에 가슴이 무척이나 아
팠던 기억이 납니다. 어렵고 힘들었던 그때의 아들을 만나 다시 한
번 내 온기를 전해주고 싶습니다."

내가 그를 필요로 할 때 그를 찾아가는 일은 누구나 할 수 있지만,
그가 나를 필요로 할 때 언제든지 달려갈 수 있는 일은 진정한 사랑
으로 충만한 사람이 아니면 불가능합니다.

누군가가 나를 필요로 할 때 가슴을 내줄 수 있는 사람, 기쁜 시간
들보다는 힘든 시간을 함께할 수 있는 사람. 그런 사람이 목마르게
그리운 오늘입니다.

#2 Story

사랑의 위력으로

사랑은 악마이고 불꽃이며, 천국이고 지옥이다. 거기에는 쾌락과 고통, 슬픔과 후회가 살고 있다.

— 반필드

당신의 가치는
얼마입니까?

현명한 사람이 7년 동안 질문할 것을
어리석은 사람은 1시간 만에 더 많은 질문을 한다.
— 레이

제자가 스승에게 물었습니다.

"오랜 시간 수련을 하였지만 아직도 인간의 진정한 가치를 모르겠습니다."

그러자 스승은 그 제자에게 번쩍이는 보석 한 개를 주면서 말했습니다.

"시장에 가서 이 보석의 값을 알아보거라. 단, 얼마를 주겠다고 하든 절대 팔지 말아라."

제자는 제일 먼저 과일가게에 들렀습니다. 그는 과일가게 주인에게 보석을 보여주며 말했습니다.

"당신은 이 보석에 대한 대가로 나에게 무엇을 주시겠습니까?"

주인이 말했습니다.

"사과 두 알쯤이면 적당할 것 같은데요."

다음에는 야채가게로 가서 그 주인에게 똑같이 물었습니다.

"배추 두 포기를 주겠소."

이번에는 대장간으로 갔습니다.

대장장이는 평소 보석에 대해 관심이 많았기 때문에 꽤 많은 돈을 주겠다고 했습니다.

제자는 몇 군데를 더 돌아다니다가 한 보석상 앞에서 걸음을 멈추었습니다.

보석상 주인은 보석을 이리저리 살피더니 이렇게 말했습니다.

"대체 어디서 이 보석이 났습니까? 이 보석은 돈으로는 계산할 수 없는 어마어마한 가치를 지니고 있습니다."

제자는 보석을 가지고 스승에게 돌아갔습니다.

그리고 보석의 값을 알아봤던 일들을 설명하자 스승이 이렇게 말했습니다.

"이제야 너는 인간의 진정한 가치를 깨닫게 되었노라. 사람은 자신을 하찮은 사과 두 알, 배추 두 포기에 팔아넘길 수도 있고 또는 얼마의 돈에 팔아넘길 수도 있다. 하지만 원한다면 돈으로 따질 수 없

을 만큼의 고귀한 존재로 자신을 만들 수도 있느니라. 그 모든 것은
자신이 어떻게 생각하고 행동하느냐에 따라 달렸느니라.”

진정으로 살아 있느냐는 물음에, 그대의 값어치는 얼마 정도냐는
물음에 자신 있게 큰소리로 대답할 수 있습니까?
어떻게 생각하고 어떻게 행동하느냐에 따라 달라지는 자신의 값
어치, 마음먹고 실천하는 그 순간부터 그대는 최고의 상한가를 기록
할 것입니다.

버릴 때
더 아름다운 것

인도를 여행하던 존슨과 에릭은 여러 명의 안내자들과 함께 어두운 밤길을 걸어가고 있었습니다. 그런데 험한 산길을 걷다가 에릭이 그만 발을 헛디뎌 물살이 거센 강물 속으로 빠졌습니다.

그 모습을 본 존슨은 주저 없이 강물 속으로 뛰어들어 친구를 구해냈습니다. 급류에 휩싸여 죽을 고비를 겨우 넘긴 에릭은 안내원 중에 솜씨 있는 사람을 불러 곁에 있던 커다란 바위에 자신이 불러주는 대로 글씨를 새겨달라고 부탁했습니다.

'바로 이곳에서 친구 존슨이 에릭의 생명을 구했다.'

머칠이 지났습니다. 여행지에 갔다가 돌아오던 중 그들은 지난번에 존슨이 에릭의 생명을 구한 장소를 다시 지나가게 되었습니다.

글씨가 새겨진 그 바위의 근처에서 휴식을 취하던 두 사람은 사소한 오해가 생겨 몸싸움을 했고, 결국 존슨이 에릭의 얼굴을 주먹으로 때리기까지 했습니다.

잠시 후 에릭은 비틀거리며 일어나더니 아무 말 없이 그 바위 옆에 펼쳐진 모래사장으로 걸어가 이렇게 썼습니다.

'바로 이곳에서 친구 존슨이 사소한 말다툼으로 에릭의 마음에 상처를 입혔다.'

존슨이 물었습니다.

"왜 친구의 용감한 행동은 바위에 새겨놓으면서 나쁜 행동은 모래사장에 적는 거야?"

에릭이 대답했습니다.

"너의 용감하고 우정 어린 행동은 가슴 깊숙이 영원히 간직될 거야. 그렇지만 네가 내 마음에 입힌 아픈 상처는 저 모래 위로 바람이 불어와 글자가 지워지기 전에 기억에서 멀리 날아가기를 바랄 뿐이야."

'버리고 떠나기…….'

사람의 행복은 얼마나 많이 소유하느냐보다는 버려야 할 것을 제때 얼마나 잘 버리느냐에 있습니다.

가슴에 담아두어야 할 것은 쉽게 버리고, 버려야 할 것은 오히려 더 깊숙이 담아두는 못난 습성, 이제 정말로 버려야 할 때가 되지 않았나요?

내 슬픔을 자기 등에
지고 가는 사람

어떤 사람이 꿈을 꾸었습니다. 그는 꿈 속에서 가장 절친한 친구와 함께 바닷가를 거닐고 있었습니다. 그는 목숨도 함께 나눌 수 있는 친구와 걸어가는 것이 너무나 기뻤습니다.

무심코 뒤를 돌아보니 그가 걸어온 날들은 혼자가 아닌 둘이었습니다. 네 개의 발자국, 즉 두 사람의 발자국이 모래 위에 나란히 남아 있었습니다. 하나는 친구의 것이었습니다.

그러나 그것도 잠시뿐, 그에게 뒤도 돌아볼 수 없을 만큼 힘든 순간이 찾아왔습니다. 그런데 막상 뒤를 돌아보니 같이 걸어왔을 거라고 믿었던 친구는 온데간데없고 자신의 발자국만 모래 위에 덩그러니 남아 있었습니다.

그는 친구에게 원망하듯이 물었습니다.

"난 너를 믿었는데……. 넌 항상 나와 함께 하겠다고 했잖아. 그런데 내가 가장 힘들고 고통스러워하는 순간에 왜 나를 혼자 내버려두었니?"

그러자 친구가 말했습니다.

"너무나 소중한 친구야, 나는 너를 진심으로 사랑한다. 그리고 나는 너를 결코 내버려둔 적이 없단다."

"그런데 왜 발자국이 한 사람의 것뿐이지?"

"그것은 네가 시련과 고통을 당할 때 내가 너를 업고 다녔기 때문이야."

영화 〈늑대와 함께 춤을〉을 보셨습니까?

그 영화에는 북미 대륙의 인디언들이 나오는데 그 인디언들은 주인공 이름을 '늑대와 함께 춤을' 이라고 짓는 등 이름을 무척이나 재미있게 지었습니다.

그 영화에서 가장 재미있고 감명 깊었던 것은 그들이 '친구' 를 표현하는 말이었습니다.

'나의 슬픔을 자기 등에 지고 가는 사람'

그렇습니다. 진정한 친구란 친구의 슬픔을 자신의 등에 지고 갈 수 있는 사람, 그리하여 두 사람 몸에 하나의 영혼이 깃들어 살아가는 사이란 생각이 듭니다.

우리는 어디서
태어났을까?

대통령이 비서를 시켜 한 남자에게 급히 청와대에 들어오라고 명령했습니다.

갑자기 대통령의 부름을 받은 그 사나이는 자신을 도와준 친구들을 떠올렸습니다.

첫 번째 친구는 제일 소중하고 다정한 친구라고 생각했습니다. 두 번째 친구도 역시 좋아했으나 첫 번째 친구보다는 소중하게 생각하지 않았습니다. 세 번째 친구는 곁에 있으면 좋았으나 그 소중함을 깨닫지 못하고 있었습니다.

비서가 찾아왔을 때 그는 혼자 갈 용기가 나지 않아 이 세 명의 친구에게 같이 가달라고 부탁했습니다. 제일 소중하게 여기는 첫 번째 친구에게 이야기하자 그 친구는 무조건 싫다며 거절했습니다.

다시 두 번째 친구에게 부탁하자 그가 이렇게 말했습니다.

"대통령이 계신 곳의 문 앞까지는 따라가 줄 수 있지만 더 이상은 해줄 수 없네."

그는 할 수 없이 마지막으로 세 번째 친구에게 부탁을 했습니다. 그런데 그는 1초의 망설임도 없이 말했습니다.

"그래 함께 가세. 자네에겐 아무 잘못이 없는데 무엇을 걱정하나? 내가 가서 자네의 결백을 증명해보이겠네."

세 명의 친구는 무엇을 의미할까요?

첫 번째 친구는 아무리 좋고 소중해도 죽을 때는 남겨두고 가야 하는 재산입니다. 두 번째 친구는 어디까지는 함께할 수 있지만 모든 것을 내줄 수 없는 친척입니다. 세 번째 친구는 죽음까지 함께할 수 있는 끝없는 믿음, 바로 사랑입니다.

괴테는 이런 시를 남겼습니다.

우리는 어디서 태어났을까?

사랑으로부터

우리는 어떻게 멸망하는가?

사랑이 없으면

우리는 무엇으로 자기를 극복하는가?

사랑에 의해서

우리를 울리는 것은 무엇인가?

사랑

우리를 결합시키는 것은 무엇인가?

사랑

어떻습니까? 그대도 사랑 예찬론자가 되어보는 것이…….

천사는 자기 하기 나름

사람에게 최대의 적은 바로 사람이다.

– 버턴

서로의 우정에 깊은 신뢰를 느끼고 있던 마크와 고든이 길에서 동네 사람을 만났습니다.

동네 사람은 갑자기 고든을 고자질쟁이라고 몰아붙이며 욕설을 퍼붓기 시작했습니다.

고든은 그 심한 모욕에도 불구하고 꾹 참고 묵묵히 듣기만 할 뿐 아무 대꾸도 하지 않았습니다. 마크는 옆에서 그냥 지켜보고만 있었습니다.

점점 더 언성이 높아지고 욕설이 심해지자 고든은 도저히 참을 수가 없어 같이 싸우기 시작했습니다. 그러자 마크는 조용히 그 자리를 떠났습니다.

싸움이 끝나고 나서야 돌아온 마크에게 고든이 어떻게 자기만 혼자 남겨두고 갈 수 있냐고 원망을 했습니다. 그러자 마크가 대답했습니다.

"처음에 그 사람이 욕을 하기 시작했을 때 자네는 아무 말 없이 참고 있었네. 그때 나는 자네 곁에 머물러 있는 많은 천사들을 보았지. 그런데 자네가 같이 욕을 하며 싸움을 하기 시작하자 그 많던 천사들이 별안간 모두 사라져버리고 말았다네. 그래서 결국 나도 자네 곁을 떠나게 되었네."

내가 뱉은 욕설은 어김없이 나에게로 되돌아오는 메아리 같은 것입니다. 타인의 영혼을 망치기 위해 내뱉는 욕설이 결국에는 다시 되돌아와 자신의 영혼을 망쳐버리고 마는…….

말하지 않아도 알아

조심성 있는 혀는 최대의 보물이며,
사리판단을 할 줄 아는 혀는 최대의 기쁨이다.
– 헤시오도스

지코와 모모는 어느 허름한 카페에서 커피를 마시고 있었습니다.

벌써 아무 말 없이 몇 시간이 흘러가고 있었습니다.

누군가 자신들의 대화를 들을까 두렵기라도 한 것인지 두 사람은 한 마디도 하지 않은 채 앉아 있었습니다. 그들은 서로 어깨를 들썩여보기도 하고, 또 눈으로 서로에게 무슨 신호를 보내는듯 하기도 했습니다.

어느새 날이 어둑어둑해지고 두 사람이 카페에서 나왔습니다. 밖으로 나오자 지코는 모모의 눈을 깊숙이 들여다보더니 손을 내밀며 말했습니다.

"그럼 잘 가게, 모모. 나의 고민을 전부 자네에게 털어놓을 수 있다는 것이 내게는 무엇보다 큰 기쁨일세."

모오리스란 사람이 친구와 함께 목욕탕에 간 적이 있는데 목욕을 끝낸 후 그의 친구가 이렇게 이야기했다고 합니다.

"여보게, 우린 탕 안에서 아무 말도 하지 않았네. 그저 벌거숭이로 있었을 뿐이지. 그런데 자네가 나에게 하고 싶은 말이 무엇인지 가슴으로 절실히 느껴지고 있었으니, 이것은 무엇 때문인가?"

진정한 우정은 침묵으로도 느낄 수 있습니다.

그의 슬픔과 아픔을 나에게 말하지 않아도 내가 먼저 느끼며 자연스레 내 눈에 눈물이 고여 오는 그런 우정이 애타게 그립습니다.

거짓말을 낳는 거짓말

같은 학교에 다니는 친구 세 명이 일요일에 야외로 놀러갔습니다.

그들은 더 놀고 싶은 생각에 월요일에도 학교에 가지 않기로 의견을 모았습니다.

한 아이가 말했습니다.

"결석을 하면 분명히 선생님께 혼날 테니 우리 모두 거짓말을 하자."

"어떻게 하면 좋을까?"

"일요일 날 함께 여행을 갔다가 자동차 바퀴가 고장나는 바람에 그것을 고치다가 할 수 없이 결석하게 됐다고 이야기하자."

“그래, 그렇게 하자.”

아이들은 모두 월요일 날 결석을 하고 화요일이 되어서야 학교에 갔습니다.

선생님은 아이들에게 어째서 세 명이 한꺼번에 결석을 했는지 물었습니다. 아이들은 어제 약속한 대로 입을 모아 선생님께 거짓말을 했습니다.

그러자 지혜로운 선생님은 눈치를 챘다는 듯이 빙그레 웃으면서 말했습니다.

“그래, 너희들 말을 믿으마. 그런데 어제 우리 반 아이들 모두 시험을 봤으니 너희들도 시험을 봐야겠지?”

선생님은 종이 세 장을 나눠주며 각자 시험을 보라고 했습니다. 시험 문제를 본 학생들은 깜짝 놀라 아무도 답을 쓰지 못했습니다.

‘여행 가서 고장 났던 자동차 바퀴는 어느 쪽 바퀴였는가?’

거짓말의 최대 단점은 그것이 꼬리에 꼬리를 물고 계속 이어진다는 데 있습니다. 작은 거짓말이라 해도 한 번 하게 되면 금방 익숙해지고, 그 사실을 숨기기 위해 자꾸 불필요한 거짓말까지 하게 됩니다. 결국에는 자기 자신마저 속이고 마는 어처구니없는 일을 당하지요.

귀뚜라미 소리와
동전 소리

모든 사람이 자유로워질 때까지 아무도 자유로울 수 없고,
모든 사람이 행복해질 때까지 아무도 완전한 도덕자가 될 수 없다.
– 스펜서

시골에 살고 있던 젊은이가 펜팔로 알게 된 친구의 초청으로 번화한 도시에 오게 되었습니다. 도시는 가는 곳마다 인파들로 넘쳐났고 사람들의 말소리, 차들이 울려대는 경적 소리로 몹시 시끄러웠습니다.

여기저기 구경하며 돌아다니던 중 시골에서 올라 온 한 젊은이가 갑자기 걸음을 멈추더니 말했습니다.

"잠깐, 어디선가 귀뚜라미 소리가 들리지 않니?"

"뭐, 귀뚜라미? 안 들리는데?"

도시 친구는 귀를 기울여 봤지만 들리는 것이라곤 도시의 소음뿐이었습니다.

그러자 시골 친구는 콘크리트 건물 사이에서 자라고 있는 넝쿨나무 아래로 갔습니다. 그가 넝쿨 잎을 살짝 들추자 귀뚜라미가 찌르륵거리고 있었습니다.

"넌 시골에서 자라서 나보다 귀가 훨씬 밝구나."

도시 친구의 말에 시골 친구가 고개를 저었습니다.

"아니, 그런 건 아니야. 내가 한 번 그걸 증명해볼까?"

시골 친구는 호주머니에서 오백 원짜리 동전을 꺼내 아스팔트 거리로 던졌습니다. '쨍그랑' 동전이 떨어지자 웬만한 거리에 있는 사람들은 모두 동전 소리를 듣고 주위를 둘러보기 시작했습니다. 잠시 후 길을 걸어가던 사람들 중 한 사람이 동전을 주워 호주머니에 얼른 집어 넣었습니다.

시골 친구가 도시 친구에게 조용히 말했습니다.

"봤지? 오백 원짜리 동전 떨어지는 소리가 귀뚜라미 소리보다 크지도 않은데 많은 사람들이 그 소리를 들었잖아. 하지만 나를 제외한 그 누구도 귀뚜라미 소리는 듣지 못했어. 그것은 내 귀가 밝기 때문이 아니라 서로의 관심사가 달랐기 때문이야. 관심이 있으면 귀는 늘 열리는 법이지."

《나의 문화유산 답사기》로 우리 곁에 다가온 유홍준 교수님은 그 책에서 이런 말을 했습니다.

'사랑하면 알게 되고 알면 보이나니, 그때 보이는 것은 전과 같지 않으리라.'

보려는 자에게 더 잘 보이고, 들으려 하는 자에게 더 잘 들리고, 사랑하려는 자에게 더 잘 느껴지는 것은 세상이 주는 선물입니다.

힘내고 귀 기울이세요! 아무리 어려운 일이라도 관심을 가지면 그때부터 그대 앞에 길이 열리기 시작합니다.

장님의 등불

모든 인간의 일생은 신의 손으로 그려진 동화다.
– 안데르센

앞을 못 보는 장님이 있었습니다. 하루는 친구 집에서 식사를 하며 이런저런 이야기를 나누다 날이 저물어 집으로 돌아가려고 할 때였습니다. 그런데 친구가 등불을 켜서 그의 손에 들려주었습니다.

장님이 화를 냈습니다.

"이 사람아, 나를 놀리는 건가? 밤과 낮을 구별하지도 못하는 나에게 웬 등불인가?"

그러자 친구가 이렇게 말했습니다.

"누가 그걸 몰라서 그러는가! 자네가 이 등불을 들고 가면 다른 사람들이 지나가다 자네와 부딪칠 염려가 없지 않은가?"

세상에서 가장 행복한 일은 무엇이라고 생각하십니까? 그것은 바로 주변 사람들을 행복하게 만드는 일입니다.

그것이야말로 우리에게 변함없이 가장 커다란 행복을 가져다주는 일입니다. 나 자신뿐만 아니라 주위 사람들을 위해 어두운 밤 등불을 들 수 있을 때 비로소 우리는 참 행복을 알게 될 것입니다.

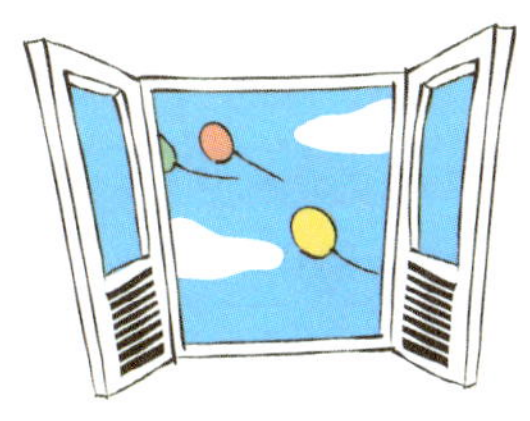

어느 왕의
위대한 사랑

페르시아의 사이러스 왕 시대에 있었던 일입니다.

사이러스 왕이 전쟁을 일으켜 이웃나라의 왕과 왕비, 그리고 그 자녀들을 포로로 잡게 되었습니다.

사이러스 왕은 포로로 잡힌 왕에게 마지막 소원이 있으면 말하라고 했고 그가 말했습니다.

"나를 놓아주시면 내 재산의 절반을 드리겠습니다. 내 자식들을 놓아주시면 내 재산의 전부를 드리겠습니다. 그리고 내 아내를 놓아주신다면 내 생명까지도 기꺼이 바치겠습니다."

　그 말을 들은 사이러스 왕은 너무나 감동한 나머지 왕과 왕비, 그의 자녀들을 모두 풀어주었습니다.

　집에 돌아온 이웃나라의 왕이 말했습니다.

　"페르시아의 사이러스 왕은 너무나 훌륭한 분이오. 당신, 그 인자한 왕의 모습을 보았소?"

　그러자 왕비가 말했습니다.

　"나를 위해 목숨까지 바치겠다고 한 당신의 아름다운 얼굴을 보고 있기에도 시간을 부족하던 걸요?"

　진정한 사랑을 실천하는 이의 얼굴은 세상 그 무엇과도 비교할 수 없을 만큼 아름답습니다.

한 걸음, 한 걸음씩

우리의 부모가 우리를 통해서 그들 자신을 사랑하듯이,
우리도 우리의 자식을 통해서 우리들 자신을 사랑한다.
– 보링 부르크

다리가 불편한 아들이 하루는 아버지와 등산을 하게 되었습니다.

아주 오래 전부터 아버지가 계획했던 일이었는데 언제나 장애자인 아들이 원하지 않았기에 이제야 겨우 날을 잡은 것이었습니다. 도전도 해보기 전에 지레 포기해버리는 아들을 보면서 늘 안타까웠던 아버지는 겨우 아들을 설득해 등산에 나섰습니다.

장애자인 아들과 아버지가 함께 산을 오르는 모습을 보고 주위를 지나던 많은 사람들이 용기와 격려의 박수를 보냈습니다. 아들은 몇 번이나 중도에 포기하려고 했지만 사람들의 격려에 힘입어 나약한

마음을 다시 추슬렀습니다.

사람들은 아들에게 따뜻한 격려의 말을 건넸습니다.

"얘야, 정상이 멀지 않았단다. 힘을 내렴."

산중턱까지 올라가는 데 아들은 멍이 들고 무릎이 깨지는 고통을 겪었습니다. 그렇지만 부자의 마음은 조금씩 통하기 시작했고, 아들은 고통을 참고 반드시 정상까지 올라가겠다고 굳게 다짐했습니다.

정상인보다는 더디고 힘들었지만 아들은 장애를 극복하고 마침내 정상이 보이는 곳까지 올라갔습니다. 조금만 더 올라가면 금세 정상에 닿을 것 같았는데 순간 아버지가 아들을 가로막았습니다.

"얘야, 이제 그만 내려가자."

아들은 이해할 수가 없었습니다. 남들보다 몇 배는 더 힘들게 올라왔는데 정상을 바로 눈앞에 두고 그냥 내려가다니…….

아들은 땀으로 흠뻑 젖은 얼굴을 닦을 여유도 없이 아버지에게 물었습니다.

"정상이 바로 눈앞에 보이는데 왜 그냥 내려가자고 하세요? 제가 언제 다시 이런 높은 산을 올라오겠습니까?"

아버지는 손수건을 꺼내서 아들의 땀을 정성껏 닦아주며 말했습니다.

"우리는 산에 오르기 위해서 왔지, 정상에 올라가려고 온 게 아니다. 네가 지금 정상에 서면 다시는 산에 오르려고 하지 않을 게다. 내가 바라는 것은 언제라도 고통을 이겨내고 산에 오르려는 너의 강한 의지란다."

파리 에펠탑의 안내원은 그곳을 방문하는 여행객들에게 이렇게 말한다고 합니다.

"여러분, 에펠탑의 꼭대기로 올라가는 엘리베이터를 타시려면 앞으로 두 시간 정도를 기다려야 합니다."

그리고 웃으며 또 이렇게 말했습니다.

"그러나 계단을 이용하신다면 지루하게 두 시간씩 기다릴 필요가 없습니다."

단지 정상에 오르는 것이 인생을 성공으로 이끄는 것은 아닙니다. 열심히 노력하는 과정 속에 인생의 성공과 승패가 있다는 사실을 믿으면 언젠가는 분명히 정상에 오를 수 있습니다.

언제 고장날지 모르는 엘리베이터에 의존하기보다는 자신의 튼튼한 두 다리를 믿고 고난을 이겨내며 한 걸음, 한 걸음 포기하지 않고

발걸음을 내딛는 이들에게 인생 응원가를 보냅니다.

항상 높은 곳만 바라보고 '최고'만 운운하는 사람은 진정한 승리의 기쁨을 모릅니다. 어떤 분야에서 최고가 되고 싶다면 정상으로 가는 과정을 즐기고 사랑하세요! 그러면 당신은 진짜 일 등이 될 수 있습니다.

푸른 풀밭과 순한 양

남자는 구애할 때가 봄이고 부부가 되면 이미 겨울이다.
여자는 처녀일 때는 5월의 개화기이지만,
결혼을 하게 되면 하늘의 모습이 즉시 변한다.
– 셰익스피어

결혼식에서 두 사람이 서약했습니다.

남자는 늘 푸른 풀밭처럼 여자에게 아늑한 풍요로움으로 포용할 것을, 여자는 늘 순한 양처럼 남자에게 순종하고 순수할 것을.

늘 '푸른 풀밭'인 남편과 늘 '순한 양'인 아내로 만난 그들의 결혼 생활은 더없이 행복하기만 했습니다.

그런데 어느 날부터인가 부부는 서로 상대방이 예전처럼 사랑을 주지 않는다고 생각했습니다.

"여보, 당신은 왜 달라졌지요? 이제 나에 대한 마음이 식어버렸나요?"

"그러는 당신은? 당신이 과연 그런 말 할 자격이 있는지 한 번 생각해봐."

"무슨 소리에요? 우리가 지금까지 잘살고 있는 건 내가 당신을 많이 사랑했기 때문이에요."

"말장난은 그만하자고! 사랑을 얻으려면 먼저 사랑해야 하는 거야."

"여보, 제발 부탁이에요. 당신이 날 사랑하면 그 사랑이 고스란히 당신에게 되돌아가는 거예요."

이런 식으로 싸움은 계속 되었고, 상대방에게만 모든 잘못이 있다고 생각했기 때문에 서로 욕설이 오가는 심한 싸움으로 커졌습니다. 그들의 몸과 마음은 만신창이가 되어갔습니다.

하루는 도저히 이대로는 안 되겠다는 생각에 협상을 했습니다.

싸우는 도중에 "푸른 풀밭!" 하고 소리치거나 "순한 양!" 하고 소리치면 더 이상 싸우지 않는다는 것이었습니다.

이 협상은 처음에는 잘 지켜졌습니다. 심하게 싸우다가도 남편이 먼저 "순한 양" 하면 아내도 "푸른 풀밭"하고 소리쳐 싸움은 중단되었으니까요.

하지만 또 다른 문제가 생겨났습니다.

싸움은 중단되었으나 싸움의 횟수는 줄어들지 않는 것입니다. 화를 못 이긴 남편은 점점 '푸른 풀밭' 은 커녕 '폐허' 가 되어갔고, 아내는 '순한 양' 대신에 '성난 양'이 되어갔습니다.

그런데 이들 부부가 사는 아파트 바로 옆집에도 그들처럼 '푸른 풀밭', '순한 양' 하고 싸우는 부부가 있었습니다. 그런데 그 부부는 외치는 대로 되었습니다. 갈수록 싸움은 줄어들었고 금실은 더욱 좋아졌습니다.

남편과 아내는 금실 좋은 옆집 부부가 부러운 나머지 하루는 그 비결을 물었습니다. 그러자 금실 좋은 부부가 빙그레 웃으며 말했습니다.

"간단해요. 상대방에게 무엇이 되라고 소리치는 것이 아니라 자기 자신에게 '푸른 풀밭'이 되고 '순한 양'이 되라고 소리치기 때문입니다. 상대방에게 요구하기 전에 먼저 자기 자신에게 그렇게 되기를 요구하는 것이지요!"

골든 룰(Golden rule)이라는 법칙이 있습니다. 누군가 자신에게 해주기를 바라는 그대로 남에게 실천하는 법칙입니다. 이 법칙이야말로 고장나버린 신뢰를 고쳐주고 식어버린 사랑을 데워줄 수 있는 사랑의 메신저가 아닐까요?

반쪽과 하나

엄마가 사과 두 개를 들고 놀이터에서
노는 어린 두 아들을 불렀습니다. 달려온 아이들이 엄마에게 사과를
하나씩 받아 맛있게 먹으려는 순간이었습니다.

옆에서 이 모습을 지켜보고 있던 한 노인이 아이들의 손에 들린
사과를 막무가내로 빼앗았습니다.

"할아버지, 왜 그러시는 거예요?"

아이들의 엄마가 깜짝 놀라 노인에게 물었습니다.

노인은 아무 대답도 하지 않고 사과 하나를 반으로 쪼갰습니다.
그리고는 두 아이에게 각각 반쪽씩 나누어 주었습니다. 아이들은 엄

마의 눈치를 살피더니 그것을 받았습니다.

　노인은 남은 사과를 다시 반으로 쪼개서 두 아이에게 반쪽씩 주었습니다.

　이것을 바라보고 있던 엄마가 노인에게 물었습니다.

　"할아버지, 왜 굳이 반쪽으로 나누어서 주시는 거예요? 그냥 하나씩 주어도 먹기는 마찬가지 아니에요?"

　노인이 조용히 대답했습니다.

　"반쪽을 받으면 둘이 합해야 하나가 된다는 소중한 사실을 알게 되니까요."

　어쩌면 산다는 것은 장작불 같은 것입니다. 장작개비 하나로 불길을 이룰 수 없는 것처럼, 인간 역시 혼자서는 아무것도 할 수 없기 때문이죠.

　산다는 것은 먼저 붙은 불씨는 밑불이 되고, 나중에 붙은 불씨는 거름이 되어 서로의 몸을 맞대고 하나의 거대한 불길을 이루게 되는 장작불 같은 것입니다.

세상에서 가장
빛나는 이름, 당신

초가지붕 위에 박꽃이 피더니 얼마 후에 박이 열렸습니다. 처음에는 완두콩만 하던 것이 점점 자라나 달걀만큼 커지고, 이제는 축구공만큼 커졌습니다.

박은 키가 자라나면서 은근히 기다려지는 것이 있었습니다. 하늘에서 둥그렇게 빛을 내는 달처럼 자신도 환한 빛을 발하리라는 기대지요.

마침내 박은 하늘에서 빛나는 보름달만큼 커졌습니다. 하지만 크기는 보름달만 해도 자신의 몸에서는 실낱 같은 빛조차도 나오지 않았습니다.

궁금해진 박이 달에게 물었습니다.

“달님!”

“왜?”

“나도 달님처럼 이렇게 크게 자라났는데 왜 내 몸에선 빛이 나지 않죠?”

달은 미소를 지으며 말했습니다.

“내가 아는 한 소녀가 있었어. 그 소녀는 영화를 보고 배우가 되겠다고 하더구나. 그리고 또 얼마 후, 좋은 책을 읽고는 작가가 되겠다고 하는 거야.”

“그래서 그 소녀는 배우도 되고 작가도 되었나요?”

“아냐. 몇 년이 지난 후에 그 소년은 집 창가로 얼굴을 내밀고 나에게 얘기하더구나. ‘나는 배우도 작가도 아니고 화가가 되었어요’라고 말이야……”

박이 다시 물었습니다.

“왜 그렇게 된 것일까요?”

달이 대답했습니다.

“그건 사람마다 각자의 타고난 재능이 따로 있기 때문이야.”

“……”

박은 깊은 생각에 잠겼습니다.

박에게 그런 이야기를 해주었던 보름달은 그 이야기를 하는 동안
에 하현달로 변하더니 얼마 후 상현달로 되었다가 다시금 커다란 보
름달이 되어 둥글게 떠올랐습니다.

그 시간 동안 노랗게 잘 여물어진 박이 보름달에게 씩씩한 목소리
로 말했습니다.

"달님, 전 그동안 제가 할 수 있는 일을 생각해냈어요. 저는 단단
한 그릇이 되겠어요."

달은 환한 미소를 지으며 말했습니다.

"그래! 그 일은 나도, 세상 그 누구도 할 수 없고 오직 너만이 할
수 있는 것이야."

〈길〉이라는 영화를 보면 바보처럼 순진한 처녀 젤소미나가 주인
공으로 등장합니다. 물론 영화 자체도 감명 깊었지만 특히 이 유명
한 대사 한 마디가 가슴을 촉촉이 적시며 가슴에 남아 있습니다.

그녀가 망나니에게 자신은 아무 짝에도 쓸모없는 사람이라고 한
탄을 했습니다. 그러자 망나니가 말했습니다.

"저 길가에 있는 돌멩이 하나도 다 제각기 쓸모가 있답니다."

세상에 쓸모없이 만들어진 것이 있을까요? 인생에 있어서 가장

중요한 일은 숨겨진 자기 자신을 발견하는 것, 바로 그것입니다.

　남들의 환경과 재능을 부러워하느라 시간을 낭비하지 마세요. 당신도 노랗게 익은 박처럼 아무도 하지 못하는 당신만의 재능이 반드시 있을 거니까요. 그리고 그 재능을 찾아 열심히 노력하면 세상에서 가장 빛나는 사람이 될 수 있습니다.

행복은 가까이에

가정을 다스리는 것보다 왕국을 다스리는 쪽이 더 쉽다.
– 스칼보로

한 마을에 가까이 살면서 너무도 다르게 살고 있는 두 가족이 있었습니다.

한 집은 서로 의지하며 행복하게 살아가고 있는 데 비해, 다른 집은 하루가 멀다 하고 가족끼리 아옹다옹 다투며 살았습니다.

늘 다투는 가족이 하루는 이대로는 안 되겠다고 생각했는지 다정한 가족을 본받기 위해 그 집을 방문했습니다.

"저희는 가족끼리 하루가 멀다 하고 다투는데 어떻게 하면 이 집처럼 행복으로 가득 찬 가정이 될 수 있습니까?"

"글쎄요, 저희는 평생 다툴 일이 없는데요."

마침 행복한 가족의 딸이 방문한 손님들을 대접하기 위해 차를 내오다가 그만 선반에 있는 접시를 깨뜨리고 말았습니다.

"어머, 죄송해요. 제가 조심하지 못해서 이런 일이 일어났어요."

옆에서 지켜보고 있던 엄마가 유리조각을 주워 담으며 말했습니다.

"아니란다. 내가 하필 그런 곳에 접시를 둔 탓이지."

그 말을 들은 아버지가 말했습니다.

"아니오. 내가 아까 그곳에 두면 위험하겠다고 생각했는데 깜빡 잊고 말을 하지 못했소. 미안하오."

늘 다투는 집의 가족들은 그들의 대화를 듣고는 뭔가 깨달았다는 듯이 고개를 끄덕이며 조용히 일어났습니다.

"정말 행복은 가까이에 있었군요. 저희들은 그동안 나 자신보다는 상대방의 탓만 하고 지냈습니다. 하지만 이제부터는 그런 일이 없을 겁니다. 우리도 사랑이 무엇인지 알게 되었으니까요."

가족(family)이란 단어의 어원을 아십니까? 가족(family)이란 단어는 '아버지, 어머니, 나는 당신을 사랑합니다(Father and mother, I love you)' 의 각 단어의 첫 글자를 합성한 것입니다.

세월이 흘러 아무리 사람이 살아가는 방식이 달라진다고 해도, 하루 일과를 마치고 집으로 돌아와 가족들과 함께하는 시간이 삶의 온기를 불어넣어 준다는 사실은 변하지 않습니다.

사랑과 웃음이 그 집안의 공기가 되는 가족이야말로 행복한 가족입니다. 서로가 서로를 이해하고 아껴주는 가족이야말로 행복한 보금자리의 주인들이지요.

#3 Story

행복의 노을 속으로

인간이 불행한 것은 다만 자기의 행복을 모르기 때문이오. 오직 그
것뿐입니다. 오직! 그것을 자각한 사람만 행복해집니다. 한순간에!

— 도스토예프스키

연습 없는 나의 인생

한 사람이 극장에 들어갔습니다. 그 곳에서는 〈?〉라는 연극이 상연된다고 했습니다.

연극의 내용이 궁금해진 그가 안내자에게 물었습니다.

"주연은 누구입니까?"

"당신입니다."

"예? 당신이라니, 저를 말씀하시는 겁니까?"

"그렇습니다."

"아니, 그렇다면 왜 진작 이야기해주지 않았습니까? 알았다면 연습이라도 하고 나왔을 텐데요."

"이 연극에는 연습이 없습니다. 단 한 번뿐이지요."

"앙코르 공연도 없단 말인가요?"

"예, 그렇습니다."

안내자는 그에게 주의도 주었습니다.

"그런데 이 연극에 성실하게 임하지 않으면 중간에 퇴장 명령을 받을 수도 있습니다."

"아니, 그러면 중간에 끝날 수도 있단 말입니까?"

"그렇습니다. 최선을 다하지 않으면 그것은 의미 없는 일에 불과하니까요. 한 번 무대에 올라가보세요."

그는 안내자의 조언에 따라 무대에 올라갔습니다. 그러자 무대 위에 불빛이 켜지기 시작했고, 그 사람이 한 첫 연기는 숨을 크게 들이마시고 울음을 터뜨리는 일이었습니다.

이것은 연습 없이 단 한 번으로 끝나는 공연이었습니다.

이 연극의 제목은 〈나의 인생〉이고, 주인공은 다름 아닌 바로 '당신' 입니다.

진정한 가르침

어린아이를 자동차에 태우고 길을 가던 아버지가 있었습니다. 그런데 그만 신호를 위반해서 경찰에게 적발되었습니다.

아버지는 차를 한쪽에 세우고 경찰관에게 운전면허증 대신에 지폐 한 장을 건네주었습니다. 아이가 동그래진 눈으로 쳐다보자 아버지는 멋쩍은 웃음을 지어보이며 말했습니다.

"괜찮아! 다들 그렇게 한단다."

아이가 자라 초등학교에 입학을 했습니다.

어느 날 삼촌이 찾아와 아버지에게 어떻게 하면 소득을 위장해 세

금을 덜 낼 수 있겠냐고 물었습니다. 그때도 아버지는 "괜찮아. 다들 그렇게 하니까"라고 말했습니다.

소년은 중학생이 되었고 방학을 이용해 채소가게에서 아르바이트를 하게 되었습니다. 소년이 하는 일은 오래된 채소 위에 신선한 채소를 얹어놓고 손님에게 갓 들어온 신선한 채소라고 속여 함께 포장하는 것이었습니다.

매상이 잘 오르자 주인은 소년의 머리를 쓰다듬으며 "괜찮다. 다들 그렇게 하니까"라고 말했습니다.

고등학생이 된 소년은 시험 기간에 부정행위를 하다가 근신 처리를 당했습니다. 소년의 부모는 큰 충격을 받았습니다.

"넌 대체 누구를 닮아 이러니? 왜 엄마 아빠를 닮지 않고 가르치지도 않은 나쁜 짓만 하는 거야?"

소년은 고개를 숙인 채 머리를 긁적이며 말했습니다.

"아빠, 다들 그렇게 하곤 해요."

아기게가 걷는 것을 보고 엄마게가 소리쳤습니다.

"어휴, 답답해. 넌 왜 자꾸 옆으로 걷니? 똑바로 걸으란 말이야."

아기게가 고개를 갸우뚱하며 말했습니다.

"어, 이상하다. 난 엄마가 가르쳐준 대로, 엄마가 걷는 그대로 걸었을 뿐인데……."

진정한 가르침은 비평보다는 본보기를 통해서 이루어지는 것입니다.

어느 회사의 입사시험

불은 강철을 시험하고 유혹은 올바른 사람을 시험한다.
– 토마스 아켐피스

어떤 회사에서 신입 사원을 뽑기 위해 시험을 치렀습니다. 모이는 시간은 새벽 네 시였습니다. 이른 시간임에도 불구하고 많은 후보자들이 모여들었습니다. 하지만 회사 문은 잠겨 있었고, 사람들은 불평만 늘어놓다 한두 명씩 가버렸습니다.

다섯 시간이나 지난 후에 문이 열렸으니 사람들이 돌아갈 만도 했습니다. 그런데 아홉 시가 돼서야 문이 조금 열리더니 누군가 그 문으로 고개만 내밀로 이상한 질문만 해대는 것이었습니다.

"일 더하기 일은 얼마입니까?"

"당신의 이름은 무엇입니까?"

"사람의 팔은 몇 개입니까?"

그런 질문만 계속 하더니 "감사합니다. 이제 모든 시험이 끝났습니다. 돌아가셔도 좋습니다"라고 말하고는 들어가버렸습니다.

이것이 그 회사 입사시험의 전부였습니다.

며칠이 지난 후 몇 명에게 합격 통지서가 도착했습니다.

'저희 회사 입사시험에 합격하신 것을 축하합니다. 먼저 당신은 시간을 지키는 시험에 합격하셨습니다. 우리는 당신이 네 시 정각에 온 것을 보고 있었습니다. 또한 당신은 인내 시험에도 합격하셨습니다. 네 시에서 아홉 시까지 불평 없이 인내하며 기다리는 모습을 보고 있었습니다. 마지막으로 성격 시험에서도 화내지 않고 온화하게 대답하셨습니다.

저희 회사에서 필요로 하는 시간 지키기, 인내, 원만한 성격, 그 세 가지를 모두 다 충족시켰기에 당신은 합격입니다.'

미국 캘리포니아에는 산주안 카피스트리노라는 곳이 있습니다.

관광지로 유명한 그곳은 비둘기와 사람들이 하나로 어우러져 장관을 이루는 지역입니다. 그곳에서 비둘기를 잡으려면 다른 방법은 없고 단지 조용히 팔을 내밀고 손바닥을 펴면 된다고 합니다.

그리고 가만히 날아다니는 비둘기를 보면서 움직이지 않고 오랜 시간 동안 조용히 인내하며 기다리면, 비둘기가 손바닥에 살며시 내려앉는 것이죠. 인내하는 사람에게만 찾아오는 기쁨입니다.

이렇게 인내할 줄 아는 성격을 가지고 있는 사람이 어느 곳에서나 환영을 받는 것은 당연한 일입니다.

하나님이 싸준 도시락

어느 초등학교에 가난한 집안 형편으로 도시락을 잘 싸오지 못하는 소년이 있었습니다.

그런데 이상하게도 소년이 도시락을 싸오지 못하는 날에는 책상 속에 따스한 도시락이 들어 있었습니다.

누군가 그 아이를 위하여 갖다놓은 것이겠지만 소년은 하나님이 주신 것이라고 굳게 믿었습니다. 그 도시락에는 항상 '하나님이 소년에게' 라는 쪽지가 들어 있었기 때문입니다.

그런데 어느 날, 같은 반 친구가 선생님이 소년의 책상에 도시락을 몰래 넣어두는 장면을 목격하고 소년에게 말해주었습니다.

그날 이후로 소년은 하나님이 도시락을 갖다 준다는 환상이 깨져 버리고 말았습니다. 그 일이 있고 며칠 후 선생님께서는 감기로 며칠 동안 결근을 했습니다.

소년이 학교에 와서 책을 정리하려고 책상 서랍에 손을 넣었는데 신기하게 그날도 정성스럽게 싼 따스한 도시락이 들어 있었습니다. 물론 '하나님이 소년에게' 라는 쪽지와 함께…….

과연 그 하나님은 누구였을까요?

구름처럼 누군가에게 상상의 희망이 되어주는 삶을, 행주처럼 평생 더러운 것을 닦아주는 삶을, 하늘처럼 아무 대가도 바라지 않고 모든 것을 내어주는 삶을, 우표처럼 임무를 다해 사람들의 희망이 되어주는 삶을, 콘트라베이스처럼 자신을 앞세우지 않고 다른 악기의 화음이 되어주는 삶을, 연기처럼 자신을 태워 누군가를 데워줄 수 있는 삶을 살아가는 사람들이 있습니다.

내 것만 고집하기보다는 함께 나눌 수 있는 삶이 아름다운 것임을 실천하며 살아가는 사람들이 있습니다.

　　따스한 눈빛, 정겨운 말, 힘겨운 이를 위해 우리가 내미는 손으로 세상은 아름다운 빛을 냅니다. 우리들 사이에 숨겨진 마음의 강둑을 허물어 마음과 마음이 맞닿을 수 있는 사람의 강물이 넘쳐났으면 좋겠습니다.

남아 있는
시간을 위하여

기회는 모든 사람을 방문하지만
그것을 잘 활용하는 사람은 극소수다.
– 브루버 리턴

인도의 독립을 위하여 평생을 바쳤던 무저항주의자 간디가 대영제국의 식민지 지배하에 있던 조국의 주요 각료회의에 참여했을 때 일입니다.

그런데 일부 몇몇 각료들이 회의시간을 지키지 않고 지각을 해서 회의가 예정보다 30분이나 늦어지자 간디가 엄숙하고 강건한 어조로 이렇게 말했습니다.

"오늘 회의에 몇 명의 회원들이 게으름을 피워 우리 조국 인도의 독립이 30분이나 늦어졌습니다."

사람이 일생을 살아가는 데 주어지는 시간은 얼마나 될까요?

평균 수명을 70살로 잡았을 때 우리에게 주어진 날은 약 25,550일입니다. 여기에서 잠자는 시간을 빼면 약 15,000일이 남지요.

이렇게 보았을 때 사람의 일생 중 의미 있는 시간은 360,000시간에 불과합니다. 게다가 그 시간들 중에 이미 살아버린 시간을 빼면 앞으로 자신에게 주어진 시간은 얼마 남지 않습니다.

이미 흘러가버린 시간은 사람의 힘으로 어쩔 수 없는 것이지만, 다가올 시간은 사람의 힘에 의해 달라질 수 있습니다. 이것은 신이 인간에게 내린 가장 큰 선물입니다.

시간은 소중한 것입니다. 그런데 타인과의 약속 시간을 지키지 않는 것은 신이 내린 소중한 선물을 함부로 내팽개치는 것과 마찬가지입니다.

자존심을 무너뜨린 한 마디

똑같은 범죄를 저지른 범죄자 네 명이 한꺼번에 잡혀왔습니다. 재판관이 형을 선고하기 시작했습니다.

첫 번째 사람의 죄를 살펴본 재판관은 그에게 5년형을 선고하였습니다. 두 번째 사람도 같은 죄였기에 똑같이 5년형을 선고하였습니다. 세 번째 사람도 마찬가지였습니다.

그런데 네 번째 사람은 다른 세 사람에 비해 약간 무능력했습니다. 재판관은 어이가 없다는 듯이 그에게 말했습니다.

"나는 자네가 그런 짓을 저지를 수 있는 위인이라고는 상상도 못하겠네. 자네는 그런 능력도 안 되는 사람인데 말이야……."

재판관은 그냥 그를 석방해주었습니다.

그런데 그 다음날 아침, 그는 싸늘한 시체로 발견되었습니다.

네 번째 사람의 자존심을 상하게 했던 재판관의 그 말 한 마디가 그에게는 죽음보다 더 굴욕적이었던 것입니다. 그래서 죽음을 택했던 것입니다.

어떤 악마가 착한 천사가 되기 위해 거리에 나가 자신이 쓰던 무기를 팔았습니다.

모든 무기에 값이 매겨져 있는데 유독 한 가지에는 '팔지 않음' 이라고 쓴 팻말이 꽂혀 있었습니다.

구경하던 사람이 물었습니다.

"이것은 왜 안 파는 겁니까?"

악마가 대답했습니다.

"이것만은 안 됩니다. 사람을 완전히 파멸시키는 데는 이것보다 더 강력한 무기가 없으니까요. 이건 바로 '자존심 짓밟기', '사기 죽이기' 라고 부르는 것이지요. 이걸 사람 마음에 깊숙이 들이대면 꼼짝없이 당하고 맙니다."

당신이 오늘 주위 사람들에게 던진 말 중에 상대방의 자존심에 상처를 주는 독화살 같은 말은 없었나요? 우리가 무심코 던진 말 한 마디는 상대방의 인생을 좌지우지할 만큼 대단한 위력을 가지고 있습니다.

있어야 할 자리

바닷가에 살고 있던 큰 꽃게 한 마리와 작은 꽃게 한 마리가 모래밭 위로 나왔습니다.

"밖으로 나오니 햇살도 따뜻하고 정말 좋구나."

"파도가 밀려왔다 밀려가고…… 저 푸른 모습, 얼마나 좋니!"

그들은 하나같이 바깥으로 나온 것을 잘한 일이라고 생각했습니다.

그런데 그때 작은 꽃게가 자신이 나온 구멍과 큰 꽃게가 나온 구멍을 비교해보고는 이상한 듯이 물었습니다.

"큰 꽃게야, 내가 만든 구멍은 이렇게 작은데 네 구멍은 왜 그렇게 큰 거니?"

“응, 그건 내 몸이 크기 때문이야. 우리는 우리 몸에 맞는 구멍을 파야 하기 때문에 네 구멍은 작은 것뿐이야.”

작은 꽃게는 큰 꽃게의 말이 이해가 되지 않았습니다. 그도 큰 꽃게처럼 큰 구멍을 파고 싶었고, 마음만 먹는다면 큰 꽃게보다 더 큰 구멍을 팔 수 있을 것 같았습니다.

그날 밤에 작은 꽃게는 몰래 모래밭 위로 나왔습니다. 그리고는 집게발로 자신의 몸보다 몇 배나 더 큰 구멍을 팠습니다.

‘와, 멋있다! 이만 하면 큰 꽃게도 나를 부러워할 거야.’

작은 꽃게가 흐뭇해하고 있는데 갑자기 불이 밝게 비치며 어디선가 사람 소리가 들려왔습니다.

“야, 이리와. 여기야, 찾았어!”

작은 꽃게는 덜컥 겁이 나 구멍으로 몸을 숨기려고 했지만, 구멍이 너무 커서 등불을 들고 꽃게를 찾던 소년의 손에 붙들리고 말았습니다.

모든 것들이 가장 아름다워 보일 때는 ‘~다울 때’ 입니다. 개나리는 개나리의 모습다울 때, 쥐바퀴꽃은 쥐바퀴꽃의 모습다울 때 가장 아름다운 법이지요.

아름다움은 일부러 바꾸고 변화시키려고 할 때 나타나는 것이
아닙니다.

자신의 모습에 만족하고 충실할 때 자신도 모르는 사이에 남들이
먼저 느끼게 되는 것입니다. 애써 꾸미려고 하지 마세요. 그대 모습
에 충실할 때, 그대다울 때, 바로 그때가 가장 아름다우니…….

잃어버린 마음을 찾아서

사랑한다는 것은 고뇌와 계약을 맺는 일이다.
– 레스피나스

신이 처음 세상을 창조했을 때는 모든 것이 평화로웠습니다. 그런데 신이 창조한 인간들이 계속 불평만 해대고 서로를 미워하며 시기했기 때문에 세상은 곧 혼란스러워졌습니다.

신은 세상을 다시 아름답고 평화롭게 만들기 위해 인간을 파멸시키기로 마음먹었습니다. 하지만 천사들이 반대했습니다.

"구태여 인간을 파멸시키려고 노력하실 필요는 없습니다. 단지 우리가 그들을 떠나버리면 되니까요."

신이 물었습니다.

"그러면 어디로 가는 것이 좋겠는가?"

"최고로 높은 산으로 가면 어떨까요?"

신은 고개를 저었습니다.

"그대는 아직 모르고 있군. 가장 높은 산마저 그들은 정복하고 말 것이네."

그러자 다른 천사가 말했습니다.

"달로 가는 겁니다."

"인간들은 좋은 머리를 이용해 달까지 쫓아올 것이네. 그들이 도저히 생각해낼 수 없는 곳을 말해보게나."

그때까지 침묵을 지키고 있던 한 천사가 입을 열었습니다.

"우리는 사람들 안에 숨어야 합니다. 그들은 모든 것을 밖에서 찾아 헤매지, 자신의 내면세계에는 무관심해서 결코 가꾸는 일이 없으니까요. 그들은 자기들 안에 있는 우리를 절대로 찾지 못할 거예요."

걸모습을 치장하는 데는 많은 시간을 투자하면서 왜 먼지 낀 우리의 내면세계를 가꾸는 데는 인색한지 모르겠습니다. 물건이나 돈을 잃어버렸을 때는 찾으려고 애쓰면서 왜 잃어버린 우리 마음은 찾으려고 하지 않는지 모르겠습니다. 손과 얼굴을 씻듯 자신의 마음을 정갈히 가다듬는 사람들이 과연 얼마나 될까요?

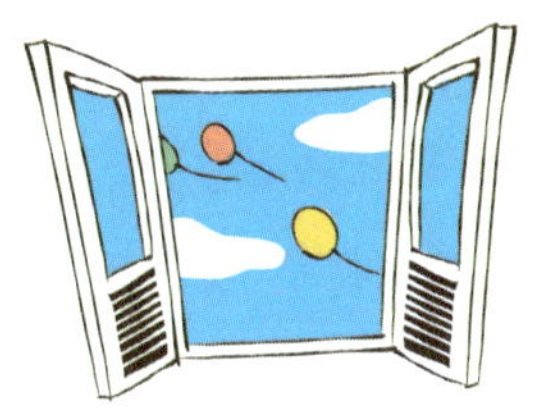

실오라기의 힘

오래전에 시작된 대형 빌딩 위의 간판 작업이 거의 마무리되자 그곳에서 일하던 사람들이 설치되어 있던 보조 작업대를 철거하기 시작했습니다.

대부분의 사람들이 모두 내려오고 마지막으로 한 사람이 남아 있었습니다. 그런데 앞 사람들이 모르고 밧줄을 남겨두지 않은 채 다 가지고 내려온 것입니다.

사람들이 개미처럼 내려다보일 정도로 높은 곳에 서 있던 마지막 남은 그 사람은 두려움에 떨고 있었습니다. 사람들이 밧줄을 던져봤지만 그의 손에 닿기에는 역부족이었습니다.

그때 소식을 듣고 달려온 그의 친구가 소리쳤습니다.

"자네 양말을 벗어 첫 실오라기를 풀어보게."

그는 친구가 하라는 대로 했습니다.

"그리고는 그 실오라기를 밑으로 계속 내려보내게."

주위의 사람들은 도대체 그가 무엇을 하려고 하는지 의아했습니다.

실이 거의 땅에 내려오자 그의 친구는 실오라기에다 튼튼한 밧줄을 이어 묶고 그 사람에게 끌어올리라고 소리쳤습니다. 그것을 끌어 올리자 튼튼한 밧줄이 따라 올라갔고 그는 밧줄을 손에 넣었습니다. 그리고 마침내 작업대에 설치된 쇠에 밧줄을 묶고 무사히 내려올 수 있었습니다.

아무도 생각하지 못한 보잘것없는 실오라기의 힘으로 한 사람을 구해낸 것입니다.

나무를 성장시키기 위해 가장 큰 역할을 하는 것은 뿌리입니다.

큰 몸뚱이의 나무에게 영양분과 물을 공급해주는 뿌리들. 그 뿌리 중에서 굵은 뿌리들은 나무를 튼튼하게 고정시켜주는 역할을 하고 잔뿌리들은 물과 영양분을 공급한다고 하니, 잔뿌리야말로 실제 나무에서 가장 중요한 역할을 한다고 할 수 있습니다.

잔뿌리가 나무를 키워나가듯이 우리가 아무렇게나 내동댕이치는 그런 작은 것들로 인해 우리는 조금씩 성장하는 것입니다.

작은 것들을 소홀히 하는 사람들은 알아야 합니다. 그런 생각을 하는 사이에 어느새 자기 인생 전체가 소홀해지고 있다는 것을…….

잡초가 존재하는 이유

한 농부가 무더운 여름날 땀을 뻘뻘 흘리며 밭에서 잡초를 뽑고 있었습니다.

그의 입에서는 저절로 한숨이 새어나왔고 짜증까지 나기 시작했습니다.

"신은 왜 이런 쓸모없는 잡초를 만든 것일까? 이 잡초들만 없으면 내가 이 더운 날 땀을 흘리지 않아도 되고 밭도 깨끗할 텐데……."

때마침 근처를 지나던 노인 한 분이 그 말을 듣고 농부에게 이야기했습니다.

"여보게, 그 잡초도 필요의 의무를 띠고 이 세상에 존재하는 것이라네. 비가 많이 내릴 때는 흙이 흘러내려가지 않도록 막아주고 너무 건조한 날에는 먼지나 바람에 의한 피해를 막아주고 있네. 또 진흙땅에 튼튼한 뿌리를 뻗어 흙을 갈아주기도 하지. 만일 그 잡초들이 없었다면 자네가 땅을 고르려 해도 흙먼지만 일어나고 비에 흙이 씻겨내려 이 땅은 아무 쓸모가 없게 되겠지. 그러므로 자네가 귀찮게 여긴 그 잡초가 자네의 밭을 지켜준 일등 공신이라네."

세상에 쓸모없는 것은 아무것도 없습니다. 모든 것들은 나름대로의 의미를 가지고 이 세상에 태어납니다. 꽃은 꽃의 모양과 향기의 옷을 입고, 잡초는 잡초의 모양의 옷을 입고 세상에 보내진 것입니다.

세상의 어느 것 하나 소중하지 않은 것이 없습니다. 단지 우리들의 좁은 생각으로 인해 그렇게 느낄 뿐이죠. 세상 모든 것들은 각자 자신의 자리에서 묵묵히 세상을 빛내고 있습니다.

열렬히 사랑했노라

우리는 인생이라는 거대한 연극의 열성적인 공연자다.
 – 한스 카로사

프랑스에 위뉘라는 명 연기자가 있었습니다. 그가 〈국왕〉이라는 연극 작품에서 국왕 역을 맡았습니다. 한창 연기에 열중하던 중 사랑하는 여인에게 사랑을 고백하는 장면에서 그만 무대에 설치된 못에 바지가 걸려 손바닥만 하게 찢어져버렸습니다.

바지가 찢어질 때 웃음소리가 조금 나오려는 듯했지만, 위뉘가 당황하지 않고 침착하고 열의 있는 모습으로 연기를 계속하자 웃음소리가 더 이상 나오지 않았습니다.

연극이 끝나자 그는 상대역인 여배우와 함께 관객을 향해 찢어진 바지를 가리키며 이렇게 인사했습니다.

"실례했습니다. 그러나 최선을 다했습니다. 감사합니다."

그날 관객들은 위뉘가 연극을 하면서 한 번도 받아보지 못한 열광적인 환호와 박수를 보냈습니다.

강철왕 카네기가 철강 최고의 부호가 되고 난 후에 신문 기자들이 이렇게 물었다고 합니다.

"회장님, 만약에 이 회사가 지금 망한다면 어떻게 하시겠습니까?"

그러자 카네기가 또박또박 이렇게 말했습니다.

"내가 할 수 있는 최선을 다해 다시 시작할 것입니다."

프랑스의 스탕달은 눈을 감기 전에 마지막으로 이런 말을 남겼다고 합니다.

"열심히 살았다! 마음껏 썼다! 열렬히 사랑했다!"

우리의 삶이 자동차 타이어처럼 스페어가 있는 것이라면 별 문제가 없겠지만, 강물이 흘러가면 또 다시 그 자리로 되돌아갈 수 없는 것처럼 삶 또한 재방송이란 있을 수 없습니다.

훗날 자신의 묘비명에 '최선을 다했노라' 하고 자신 있게 새겨넣을 수 있는 당신이 되기를……

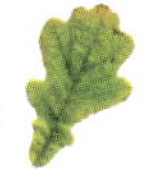

인생이란 비스킷 상자와 같은 것

이 세상은 생각하는 사람들에게는 희극이고
느끼는 사람에게는 비극이다.
- 월폴

미국의 제34대 대통령이었던 아이젠하워가 어린 시절 형제들과 함께 카드놀이를 하고 있었습니다.

그런데 판을 시작하는 첫 패부터 그에게 형편없이 나쁜 패가 들어왔습니다. 아이젠하워는 화가 나서 들고 있던 패를 내팽개쳤습니다.

"처음부터 내 패가 너무 나쁘게 들어왔으니 다시 하자."

그 옆에서 지켜보고 있던 어머니가 자녀들에게 말했습니다.

"자, 모두 카드를 테이블에 놓고 내 말을 들어보렴. 특히 아이젠하워, 너는 잘 들어야 한단다. 지금 너희들이 하는 카드놀이는 앞으로 살아야 할 너희들의 인생과 똑같은 것이란다. 카드놀이에 나쁜 패가 들어왔다고 바꿔달라고 하지만, 인생을 살다보면 나쁜 패처럼 어렵고 힘에 겨운 역경의 때가 꼭 찾아온단다. 그렇다고 피해갈 수만은 없는 것이다. 그때를 지혜롭게 잘 넘겨야 인생의 해가 떠오르는 거란다. 너희들은 좋은 패가 들어오든 나쁜 패가 들어오든 그 패를 가지고 놀이를 해야 한다. 나쁜 패가 들어왔다고 불평만 해대면 더 냉정함을 잃고 무너지기 쉬운 법이지. 자, 이제부터 그렇게 할 수 있는 용감한 사람만 패를 잡고 다시 놀이를 계속하렴. 그리고 한 가지 진실은 패는 항상 나쁘게만 들어오지도 않으며, 좋게만 들어오지도 않는단다."

인생은 카드놀이와 같은 것! 어떻습니까? 고개가 끄덕여집니까? 일본 작가 하루키의 소설 《상실의 시대》에서 주인공의 입을 빌어 이야기한 인생의 비유를 하나 더 들어볼까요?

'인생이란 비스킷 상자라고 생각하면 된다. 비스킷 상자에는 비스킷이 가득 들어 있고 거기에는 좋아하는 것과 싫어하는 것이 있다. 먼저 좋아하는 것을 자꾸 먹어버리면 그 다음엔 그다지 좋아하지 않는 것만 남게 된다. 지금 고난을 겪어두면 나중에 편해질 것이다. 비스킷 통 속에는 맛있는 비스킷만 남을 것이니 말이다. 그러므로 인

생은 비스킷 상자이다.'

모든 인간에게 주어진 인생이란 공통분모, 그 공통분모가 각자의 삶의 자세에 따라 나름대로의 모양을 가지게 되는 것입니다.

돈과 맞바꾼 소중한 기회

금전에 대한 욕심을 버려야 한다.
부를 사랑하는 것만큼 도량이 좁고 비열한 정신도 없다.
－ 키케로

한 어린 소년이 길을 가다가 우연히 동전을 주웠습니다. 소년은 가슴이 떨렸고 자랑스러운 기분까지 들었습니다.

"이건 내 거야. 아무 고생도 하지 않고 나는 돈을 번 거야."

그날 이후로 소년은 어디를 가든지 머리를 숙이고 눈을 크게 뜬 채 바닥에 떨어져 있는 보물을 찾아다녔습니다.

그래서 소년은 평생 동안 262개의 1페니 동전, 48개의 5센트 동전, 19개의 10센트 동전, 16개의 25센트 동전, 2개의 50센트 은화, 똘똘 뭉친 한 장의 1달러 지폐 등 13달러 26센트를 땅에서 주웠습니다.

그는 그것들 대신 31,369회의 숨 막히도록 아름다운 노을을 볼 기회를 잃어버렸습니다. 그리고 눈부시게 영롱한 157회의 무지갯빛, 몇천 개의 단풍잎이 가을을 물들인 풍경, 푸른 하늘이 흰구름으로 곱게 그려내는 몇백 몇천 번의 모습, 지나가는 행인들의 아름다운 미소를 볼 수 있는 수많은 기회를 잃어버렸습니다.

인생은 여행길입니다. 하지만 그것은 편도 차표만을 가지고 떠나는 여행길, 가는 길은 있지만 되돌아오는 길은 없는 여행길입니다.

하찮은 것을 얻기 위해 버리는 소중한 시간들은 후회해도 결코 되돌릴 수 없습니다.

한 번 떠날 때 소중한 것들을 기차에 차곡차곡 실어 후회없는 인생의 여행을 떠나야겠지요?

다람쥐의 존재 찾기

행복하게 되는 비결은 쾌락을 얻으려고 한결같이 노력하는 것이
아니라, 노력 그 자체 속에서 쾌락을 찾아내는 것이다.
– 앙드레 지드

소년에게 잡혀온 다람쥐가 처음으로
쳇바퀴 속에 갇혔습니다. 계속해서 쳇바퀴를 돌고 있는 다람쥐에게
개가 물었습니다.

"너는 왜 그렇게 계속 뛰는 거니?"

다람쥐가 대답했습니다.

"자유를 위해서야. 자유롭게 뛰어놀던 그 산으로 돌아가기 위해서
지."

며칠이 지난 후 다람쥐는 아무리 뛰어도 제자리걸음이란 것을 알
게 되었고, 그 후로 더 이상 뛰지 않았습니다. 쳇바퀴를 두드려도 다

람쥐가 뛰지 않자 화가 난 소년은 먹이를 주지 않았습니다.

며칠 동안 굶자 배가 고파진 다람쥐는 다시 뛰기 시작했고 그 모습을 본 개가 물었습니다.

"왜 다시 뛰는 거니?"

"생존을 위해서야. 뛰지 않으면 먹을 것을 얻을 수가 없으니까."

뜀박질로 배가 채워지자 다람쥐는 다시 뛰지 않고 가만히 앉아 있었습니다. 한참 동안을 그렇게 있자 다람쥐는 이상한 생각이 들었습니다.

자기가 살아 있다는 사실조차 망각하는 것 같았습니다. 아무 의미도 없는 이곳에서 자신의 존재를 확인시켜주는 것은 오직 뛰는 길밖에 없다는 것을 깨닫기 시작했습니다.

다람쥐는 다시 뛰었습니다. 그것을 본 개가 궁금한 듯 물었습니다.

"이번에는 무슨 이유로 뛰는 거니?"

다람쥐가 밝은 웃음으로 대답했습니다.

"응, 그건 내 존재를 확인하기 위해서야."

오늘도 사람들은 학교에서, 직장에서, 집에서 바쁘게 각자의 길을 걸어가고 있습니다.

그 사람들에게 '무엇을 하고 있느냐'고 물어보면 대부분 명확한 대답을 합니다. 그런데 '왜' 하고 있느냐고 물어보면 우물쭈물하다가 대답을 하지 못합니다.

살아온 순간의 기쁨이나 슬픔은 오래도록 잊지 못하면서 자신이 사는 이유는 잘 모릅니다.

바쁘게 돌아가는 목마른 대지에서 가끔은 스스로에게 자신의 존재에 대한 물음을 던질 수 있는 사람, '왜' 라는 물음에 자신 있게 '이것이다' 라고 대답할 수 있는 사람, 그런 사람이야말로 진짜 살아 있는 사람이 아닐까요?

지극히 작은 것

오랜 시간이 걸려서 사막 여행을 마치고 돌아온 사람에게 신문 기자들이 몰려와 인터뷰를 하면서 가장 괴로웠던 것이 무엇이냐고 물었습니다.

"강렬한 태양빛과 물 한 방울 없는 사막을 혼자서 외롭게 걷는 것이었습니까?"

"아닙니다."

"그렇다면 험하디험한 사막길을 고생해서 헤쳐나오는 것이었습니까?"

"그것도 아닙니다."

기자들이 더욱 궁금해져 채자 물었습니다.

"그것도 아니면 긴긴 밤의 추위였나요?"

그는 고개를 저으며 신문 기자들을 향해 단호한 목소리로 대답했습니다.

"그런 큰 것들은 저에게 전혀 문제가 되지 않습니다. 사실 저를 괴롭히고 힘들게 만들었던 것은 신발 속에 들어온 작은 모래 몇 알이었습니다."

작은 것 하나라도 소홀히 하지 마십시오. 물이 새는 아주 작은 구멍 하나 때문에 거대한 배가 침몰되고 맙니다.

이처럼 괴로움은 우리가 소홀히 취급해버리는 지극히 작은 것들에서부터 시작되고, 즐거움 또한 우리가 무심코 지나치는 아주 작은 것에서 시작되는 것입니다.

더 큰 행복을
위한 선택

사하라 사막을 지나다보면 누구나 지나야 하는 좁은 길이 하나 있습니다. 그 길을 따라 오랜 시간을 걷다 보면 물펌프 하나가 나옵니다.

뜨거운 햇살 아래 먼길을 걸어온 사람 누구에게나 그 물펌프는 희망이 되는 것입니다. 그런데 반가운 마음에 물펌프로 뛰어가면 다음과 같은 특이한 쪽지가 붙어 있다고 합니다.

'이 펌프에 물을 붓고서 펌프질만 하면 그대가 기대하던 시원한 지하수가 틀림없이 나옵니다. 땅속 깊숙이에는 언제나 물이 차 있으니까요. 그리고 바위 밑을 파면 물이 가득 담긴 병이 있을 겁니다.

마개를 막아둔 그 병을 꺼내어 펌프에 물을 채우십시오. 만약 병에 든 물을 한 모금이라도 먼저 마시게 되면 물이 모자랍니다. 제 말을 믿으세요. 물은 틀림없이 그대가 충분히 쓰고도 남을 만큼 나오게 되어 있습니다. 그리고 물을 다 쓴 후에는 그 다음에 오는 사람을 위해 물을 채우고 마개를 꼭 닫아두세요.

　추신 : 급하다고 병에 든 물을 먼저 마시면 안 됩니다. 제발 제 말을 믿으세요.’

스스로에게 물음을 던져보세요.

기다림의 보람으로 다가올 더 큰 행복을 포기할 수 있는 상황에 닥쳤을 때 당신은 어떻게 하겠습니까? 해답은 모두 당신의 선택에 달려 있습니다. 하지만 이것 하나는 말해주고 싶습니다.

당신의 삶에서 이런 유사한 경우가 수시로 일어나고 있다는 것을……

안개 속의 진실

어리석은 사람은 천사도 무서워서
주저하는 장소를 향해 돌진한다.
– 알렉산더 포프

어느 날 해와 달이 말싸움을 하고 있었습
니다. 해가 말했습니다.

"나뭇잎은 초록색이다."

달이 말했습니다.

"나뭇잎은 은빛이다."

달이 또 말했습니다.

"사람들은 언제나 잠만 잔다."

해가 말했습니다.

"사람들은 언제나 움직이며 활동한다."

달이 말했습니다.

"그런데 사람들이 사는 세상은 왜그리 조용하냐?"

해가 다시 말했습니다.

"바보야, 세상은 언제나 시끄럽기만 한 거야."

그때 갑자기 바람이 나타나더니 딱하다는 듯이 말했습니다.

"나는 하늘에 밝은 해가 떠 있을 때나 희미한 달이 떠 있을 때나 늘 세상을 돌아다녔기 때문에 잘 알아. 해가 세상을 비출 때 나뭇잎은 초록색이고, 사람들은 움직이고 활동하며, 세상은 시끌벅적하지. 하지만 달이 세상을 비추는 밤이 되면 나뭇잎은 은빛으로 반짝이고, 사람들은 자고 있고, 세상은 조용해지는 것이란다."

"대개의 사람들은 진리는 자기 쪽에만 있다고 생각합니다. 그리고 자기와 다른 의견은 틀리다고 생각합니다. 마치 안개 속을 걸어가는 나그네처럼……. 자기보다 앞서가는 사람도, 뒤에서 따라오는 사람도 모두 안개 속에 싸여 있는 것처럼 보입니다. 그러나 사실은 자기 자신도 다른 사람들과 똑같이 안개 속에 싸여 있는 것인데, 자신만 그것을 느끼지 못하는 것입니다."

프랭클린은 사람들의 편협성에 대해 이렇게 비판했습니다.

우리 눈앞에 짙게 드리워진 안개 속에서 주위 사람들을 보지 못하고 자기 눈앞에 있는 것만 진실이라고 목소리 높이는 사람들……. 혹시 당신도 그 수많은 사람 중에 하나입니까?

금으로 만든 초침

인생은 대리석과 진흙으로 이루어져 있다.
– 나다니엘 호손

자신의 평생을 시계를 만드는 데 투자했던 사람이 아들의 성인식날 손수 만든 시계를 선물하였습니다. 그 시계는 특이하게도 시침은 동으로, 분침은 은으로, 초침은 금으로 되어 있었습니다. 아들이 물었습니다.

"아버지, 시침이 가장 크니까 금으로 장식하고 가장 가느다란 초침은 동으로 만들어야 하지 않을까요?"

"아니다. 초침이야말로 금으로 만들어져야 한다. 초를 잃는 것이야말로 금을 잃는 것과 마찬가지거든."

그리고는 아들에게 시계를 채워주며 이런 말을 덧붙였습니다.

"초를 아끼지 않는 사람이 어떻게 시간과 분을 아낄 수 있겠니? 세상의 흐름은 초에 의해 결정되는 것임을 명심하고 성인이 되는 만큼 너의 초에 책임질 수 있는 사람이 되려무나."

우리의 인생은 기나긴 여정이지만 그 여정의 승패는 짧은 순간순간에 달려 있습니다. 짧은 순간이라 할지라도 그런 순간순간이 모여서 인생이라는 전체가 이루어지는 것이죠.

초를 소홀히 하는 사람은 하루, 한 달쯤은 대수롭지 않게 여깁니다. 그러는 사이 인생이라는 집의 벽돌은 하나하나씩 빠져나가고 있는 것입니다.

초를 미분하여 사는 삶, 그런 삶으로 결코 무너지지 않는 인생의 집을 지어보세요.

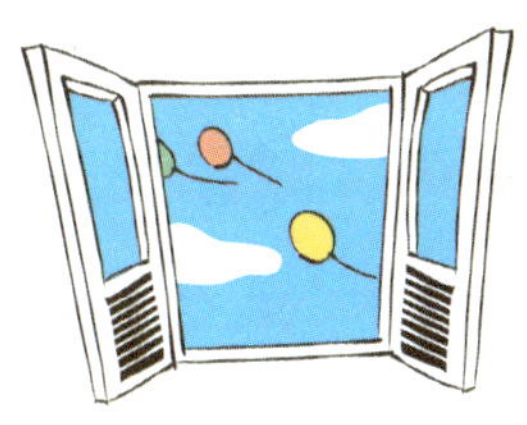

인생을 낭비한 죄

만족은 철학자의 돌이며
그것이 닿은 모든 것을 황금으로 바꾼다.
— 토마스 프라

눈코 뜰 새 없이 바쁘게 살아가는 사람이
있었습니다.

잠깐의 여유도 없이 약속이 잡혀 있고, 밀린 일이 산더미처럼 쌓여 있었습니다. 그는 자신이 너무 바쁜 것이 원망스러웠고, 아무 일도 하지 않고 집에서 빈둥빈둥 노는 사람을 부러워했습니다.

그러던 어느 날 사무실에서 바쁘게 일하다 잠깐 조는 사이에 꿈을 꾸게 되었습니다.

평소와 달리 회사 책상이 서류 하나 없이 깨끗하기만 했습니다. 고요함 속에서 편안함이 느껴졌고 이것이 천국이라는 생각이 들었

습니다.

'아, 이런 것이 행복이구나!' 하고 황홀해하다가 문득 '내가 지금 무엇을 하고 있는가?' 라는 의문이 들었습니다.

그러던 차에 매일 자신에게 한 아름씩 처리할 서류를 가져다주던 비서가 그냥 그를 스쳐지나가는 것이었습니다. 그가 비서를 불러 물었습니다.

"자네, 왜 오늘은 나에게 일거리를 주지 않나? 그리고 도대체 여기는 어딘가?"

비서가 말했습니다.

"아직 모르셨어요? 여기는 지옥입니다."

"너는 인생에 있어 가장 중죄를 저질렀다. 법을 어기지 않았을 뿐 너에게는 인생을 낭비한 죄가 있다. 그러므로 유죄다."

우리가 익히 잘 알고 있는 앙리 살리에르라는 실존 인물을 영화화한 〈빠삐용〉에 나오는 대사입니다. 빠삐용이 지옥에 가는 꿈을 꾸었는데 지옥의 심판관에게 자신은 큰죄를 지은 일이 없다고 말하자 심판관이 그에게 던진 말입니다.

씨앗만 파는 가게

사랑이란 팔 수도 살 수도 없는 것이지만
줄 수 있는 오직 하나의 재산이다.
– 괴테

한 여인이 잠이 들었는데 꿈속에서 시장
에 갔습니다. 새로 문을 연 가게에 들어갔는데 그 가게 주인은 다름
아닌 천사였습니다. 여인이 이 가게에서 파는 것은 무엇이냐고 묻자
천사가 대답했습니다.

"당신의 가슴이 원하는 것은 무엇이든지 팝니다."

그 대답에 무척 놀란 여인은 한참을 생각한 끝에 인간이 가질 수
있는 최고의 것을 사기로 결심했습니다.

여인이 말했습니다.

"마음의 평화와 사랑, 지혜와 행복, 그리고 두려움과 슬픔으로부

터 자유를 주세요.”

그 말을 들은 천사가 미소를 지으며 말했습니다.

“부인, 미안하지만 가게를 잘못 찾아오신 것 같군요. 이 가게는 열매는 팔지 않습니다. 오직 씨앗만 팔 뿐이지요.”

숯과 다이아몬드의 원소가 ‘탄소’ 라는 사실을 알고 있습니까? 그 똑같은 원소에서 하나는 아름다움의 상징인 다이아몬드가 되고, 하나는 보잘것없는 검은 덩어리가 됩니다.

누구한테나 똑같이 주어지는 하루 24시간이라는 원소를 기억하세요. 그 원소의 씨앗은 누구에게나 주어지지만 그것을 다이아몬드로 만드느냐, 숯으로 만드느냐는 당신의 선택에 달려 있습니다.

삶은 다이아몬드라는 아름다움을 통째로 선물하지 않습니다. 단지 다이아몬드가 될 수도 있고 숯이 될 수도 있는 씨앗을 선물할 뿐입니다.

나에게 내일을 주세요

봄이 무엇인지 겨울이 되어야 알 수 있는 것처럼,
감옥에 갇혀보아야 비로소 자유의 가치를 알 수 있다.
– 하인리히 하이네

전쟁중에 일어난 일입니다. 계속 되는 전투로 인해 사람들은 지쳐 있었고 음식 공급도 잘 되지 않아 병사들은 통조림으로 끼니를 때우고 있었습니다.

그 현장을 취재하던 한 종군 여기자가 나무에 기대 앉아 무표정한 얼굴로 통조림을 먹고 있는 한 병사에게 다가가 물었습니다.

"만일 내가 당신의 소원을 한 가지 들어줄 수 있는 전지전능한 하나님이라면 당신은 무슨 소원을 빌겠습니까?"

그러자 그는 갈구하는 눈빛으로 이렇게 이야기했습니다.

"저에게 내일을 주십시오."

살다보면 인간에게 주어지는 것의 소중함을 잊고 지내는 일이 많습니다.

그 많은 것들 중에 시간 또한 마찬가지입니다. 많은 것들을 잃고 난 후에야 우리는 비로소 시간의 소중함을 깨닫곤 하지요.

오늘 할 일을 내일로 미루면 그것을 영원히 이룰 수 없을 때가 더 많습니다. 지금 벽에 걸려 있는 달력에는 내일이 존재하지만, 우리의 마음속에는 오늘 할 일을 미루는 내일을 없애야 합니다.

포도주와 맹물

최고의 허영심은 명성을 사랑하는 것이다.
― 조지 산타야나

아프리카 오지의 한 부족을 다스리고 있는 족장이 자신의 생일을 맞아 잔치를 열었습니다. 모든 준비를 마친 후 마지막으로 주민들이 각자 포도주를 가져와 커다란 술통에 담아놓고 마시기로 했습니다.

주민들 중 한 사람이 집에서 가장 오래된 포도주를 작은 술통에 담아 가져오려다가 문득 꾀를 냈습니다.

"내가 이 작은 술통에 물을 담아가서 커다란 술통에 붓는다고 해도 아무도 모르겠지? 나 하나쯤이야 뭐."

그는 자신의 작은 술통에 포도주 대신 물을 넣었습니다.

드디어 잔치가 열리고 주민들은 자신들이 가져온 술을 큰 술통에 모두 부었습니다. 그리고 포도주를 떠서 각자의 잔에 따랐습니다.

"족장님의 생신을 축하드리며!"

사람들은 즐겁게 건배를 외쳤습니다. 하지만 그들이 마신 건 포도주가 아니라 맹물이었습니다.

가장 위험한 사회는 엑스레이에 구멍 뚫린 가슴이 많이 찍혀 나오는 사회이고, 그보다 더 위험한 사회는 구멍 뚫린 가슴을 감추기 위해 엑스레이 촬영기를 아예 부숴버리는 사회입니다.

얼마 전 길에서 수천만 원이 든 가방을 주워 주인에게 돌려준 사람이 신문에 대서특필되었던 적이 있습니다. 하지만 그 사람은 기뻐하기보다는 "정직이 뉴스거리가 되는 사회가 되었다"고 하며 한탄했습니다.

지금 우리 사회는 구멍 뚫린 가슴들과 그것을 볼 수 없도록 엑스레이 촬영기까지 마구 부숴버리는 못난 사회로 변하고 있습니다.

당신이 왜 거기에
있는지 모른다면

우리는 울면서 태어나고 고통 속에서 살며 실망을 안고 죽는다.
– 토마스 프라

어떤 할아버지가 일곱 살 된 손자를 아 랫동네 큰할아버지 댁으로 심부름을 보냈습니다. 아이는 심부름을 가다가 풍선 장수가 예쁜 풍선을 팔고 있는 것을 넋을 잃고 바라보 았습니다. 다시 길을 가다가 동네 친구를 만나 같이 구슬치기를 하 며 재미있게 놀았습니다.

한참이 지난 후 아이는 다시 길을 갔고 운이 없게도 돌부리에 걸 려 넘어져 무릎이 깨졌습니다. 소매로 피를 닦고 조금 쉬었다가 일 어났습니다. 시간은 점점 흘렀고, 아이는 해질녘이 다 되어서야 큰 할아버지 댁에 도착했습니다.

큰할아버지는 아이를 보고 무척 반가운 듯 말했습니다.

"아니! 애야, 그렇게 먼 길을 어떻게 혼자서 왔니?"

"할아버지 심부름 왔어요."

"그래, 무슨 심부름이니?"

"……"

어떻게 된 일인지 아이는 아무리 생각해도 자기가 왜 여기에 왔는지 전혀 생각이 나지 않았습니다. 먼 길을 오는 사이 그만 잊어버린 것입니다. 아이는 이내 울상이 되었습니다. 그 모습을 본 큰할아버지는 고개를 끄덕이더니 아이의 어깨를 다독거리며 말했습니다.

"애야, 나는 너보다 더 먼 길을 걸어왔는데도 왜 여기까지 왔는지 아직도 모르고 있단다."

어떤 승객이 택시를 탔습니다. 그는 택시 문을 닫자마자 몹시 급하다는 듯이 "전속력으로 달려요" 라고 재촉했습니다.

운전사가 물었습니다.

"그런데 어디로 모실까요?"

"그것은 알 필요 없어요. 급하니 그냥 전속력으로 달리기만 하세요."

당신은 지금 어디로, 무엇을 향해 가는지도 모른 채 그저 앞만 보고 빨리 달리고 있습니까? 빨리 달리는 것을 인생의 목표로 삼고 있다면 잠시 멈춰서 생각해보세요.

'나는 지금 무엇을 위해 달려가고 있는 것일까?'

인생 사용법

나는 아무래도 이 세상에서 보잘것없는 여행자에
지나지 않는 듯하다! 너희들이라고 과연 그 이상일까?
– 괴테

어느 화창한 날에 미첼은 친구들과 함
께 산딸기를 따러 산에 올라갔습니다. 무성한 산딸기 넝쿨을 발견하
지 못해 헤매고 있을 때 한 친구가 소리쳤습니다.

"애들아, 이리 와봐. 여기에 산딸기가 넘쳐나고 있어!"

그러자 친구들은 산딸기가 많다는 쪽으로 우르르 몰려갔습니다. 친
구들은 다닥다닥 붙어 앉아서 산딸기를 따서 바구니에 담았습니다.

"미첼, 너도 이리로 와. 여기서 따."

여기저기서 친구들이 불렀지만 미첼은 꾹 참고 자신이 있던 자리
에서 충분히 딴 다음 다른 곳으로 옮겨갔습니다.

　친구들도 더 이상 미첼을 부르지 않았습니다. 햇살은 미첼의 어깨를 희미하게 비치고 있었고, 미첼은 혼자서 열심히 산딸기를 모으고 있었습니다.

　이리저리 우르르 몰려다니던 친구들은 더 이상 갈 곳이 없자 처음 장소로 되돌아왔습니다. 어느새 땅거미가 내려앉기 시작했습니다.

　"미첼, 너는 많이 땄니? 우리가 오라고 할 때 왔으면 좋았잖아."

　하지만 미첼의 바구니를 본 친구들은 깜짝 놀랐습니다. 이리저리 몰려다니며 산딸기를 딴 자기들보다 미셸이 더 많이 땄기 때문입니다.

　프랑스의 과학자 파스퇴르가 말했습니다.

　"젊은이들이여, 인생에 우연이라는 것은 없다. 갈팡질팡하지 말고 오로지 한 곳만을 파라. 그러면 뜻밖에도 진리의 물줄기를 발견하게 될 것이다. 그러나 이 우연은 준비되어 있는 영혼에게만 주어지는 것이다."

자신을 확인하는 길

인생보다 더 어려운 예술은 없다.
다른 예술이나 학문은 가는 곳마다 스승이 있다.
— 세네카

보스턴 마라톤대회 여자부에서 우승한 선수와 인터뷰하는 장면이 텔레비전을 통해 전국에 방송되고 있었습니다.

아나운서가 우승을 차지한 선수에게 질문을 던졌습니다.

"당신은 어째서 마라톤 선수가 되었습니까? 마라톤이라는 경기가 당신을 즐겁게 해주었습니까?"

마라톤 선수가 대답했습니다.

"아닙니다. 즐겁기는커녕 마지막 골인 지점을 남겨놓고는 너무 고통스러워 포기하고 싶을 때가 한두 번이 아닙니다."

"그런데 왜 당신은 마라톤을 합니까?"

"그건 나를 확인하기 위해서입니다. 불가능한 일에 도전하여 극한까지 가는 고통을 극복하기 전까지는 도대체 내가 누구인지, 어떠한 잠재력과 능력을 지닌 사람인지 발견할 수 없기 때문입니다."

삶은 한 권의 책과 같습니다. 단, 한 번밖에 읽지 못하고 앞 장으로는 되돌아갈 수 없는 책이지요.

그대는 이 삶이란 책을 읽으면서 작은 기쁨에 너무 쉽게 들뜨고, 작은 아픔에 너무 쉽게 절망하지 않았습니까? 또 지레짐작으로 모든 것을 너무 쉽게 포기하지 않았습니까?

거센 파도가 몰아치는 세상 속에서 그 파도를 헤쳐가며 자신을, 자신의 잠재력을 알아가는 것! 그것은 오직 그대만이 풀 수 있는 그대의 인생 숙제입니다.

이 한 가지는 꼭 기억하세요.

그대는 그대가 생각하고 있는 것보다 훨씬 더 뛰어난 어떤 능력을 소유하고 있다는 사실을……. 아직 그대가 발견하지 못하고 있을 뿐 어떤 거대한 능력을 지니고 있다는 사실을…….

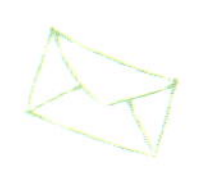
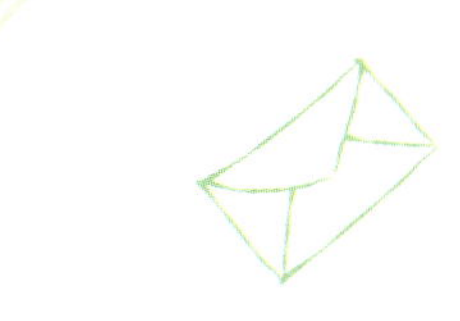
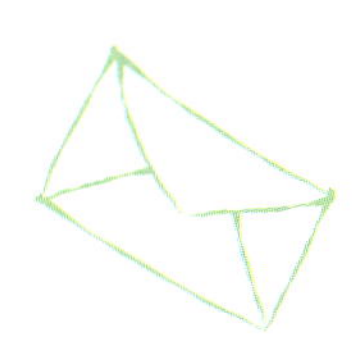

#4 Story

희망의 이름으로

희망은 결코 부자만의 것이 아니다. 아니, 오히려 고통받고 있는 사
람들에게 더욱 소중하고 필요한 존재다. 가난한 자를 구하는 것은 희
망 외에는 없기 때문이다.

– 괴테

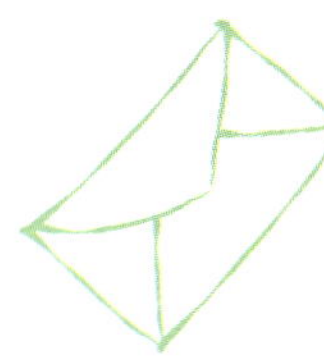

힘들 때 웃어라!

인생은 괴로움도 아니며 향락도 아니다.
인생은 우리들이 완수하지 않으면 안 될 의무적인 과업이다.
— 도크빌

늘 미소를 지으며 즐겁게 일에 열중하는 택시 운전사가 있었습니다. 그는 언제나 사람들에게 친절하고 교통법규를 철저히 지키는 성실한 운전사였습니다.

그런 그에게 아내가 불치병에 걸리는 날벼락 같은 일이 생겼습니다. 그는 아내를 간호하며 돈을 벌어야 하는 힘든 상황을 꿋꿋이 견뎌냈습니다.

하지만 간절한 마음으로 극진히 간호한 보람도 없이 아내가 그만 죽고 말았습니다. 그는 깊은 슬픔과 절망에 빠져들었습니다.

그 일이 있은 지 한 달 후, 그의 택시에 안면이 있는 사람이 탔습니다. 그는 여전히 미소를 지으며 손님에게 최선을 다했습니다. 손님은 지난번에 택시 운전사가 자신의 직업이 자랑스럽고 아주 즐겁다고 말한 게 생각이 나서 물었습니다.

"아직도 운전이 즐거우십니까?"

운전사는 손님에게 친절히 대답했습니다.

"손님, 죄송합니다. 사실 저는 지금 즐겁지 않습니다. 지난달에 사랑하는 아내가 병으로 제 곁을 떠났거든요."

손님은 깜짝 놀라면서 그런 고통을 겪고도 어떻게 자신에게 이렇게 따뜻하게 미소 지을 수 있냐고 물었습니다.

"제 아내의 죽음에 손님의 잘못은 하나도 없습니다. 그러니 제가 손님에게 불친절하게 대할 이유 역시 하나도 없는 것이지요."

데일 카네기가 말했습니다.

"이것은 별로 소비되는 것은 없으나 건설하는 것은 많으며, 주는 사람에게는 해롭지 않으나 받는 사람에게는 넘친다. 이것은 짧은 인생으로부터 생겨나지만, 그 기억은 깊이 남는다. 이것 없이 부자가 된 사람은 없으며 이것을 가지면 가난도 없다. 이것은 가정에 행복을 더하고 사업에 활력을 주고, 친구 사이를 더욱 가깝게 한다. 이것은 피곤한 자에게 휴식이 되고, 우는 자에게 위로가 되고, 인간의 모든 독을 제거하는 해독제이다. 그러면서도 이것은 살 수도 없고, 빌릴 수도 없고, 훔칠 수도 없다. 이것은 바로 미소이다.”

사람들은 그런 얼굴을 하고 있습니다. 자신의 기분에 따라 활짝 펴지기도 하고 찡그리기도 하지요. 하지만 잠시만 생각해보면 그것이 얼마나 어리석은 일인지 알게 됩니다. 나의 슬픈 감정과 상한 감정을 아무 상관없는 사람에게 전염시킨다는 것이…….

보배가 된 바보

행복하다는 것은 소망을 가지는 것을 말한다.
– 헤르만 헤세

어떤 일도 자신의 손으로 해결할 줄 모르는 바보가 있었습니다.

무엇 하나 제대로 할 수 없으니 직장에 취직을 해도 금방 쫓겨나는 일이 반복되었습니다.

이것을 본 도사가 충고를 했습니다.

"여보게, 이유는 묻지 말고 그저 큰 소리로 '감사합니다' 하면서 누구에게든 고개를 숙여보게. 그러면 자네 자신도 기분이 좋아지고 다른 사람도 즐거워할 것이네."

바보는 도사의 충고대로 직장에 출근하지마자 "감사합니다"를 큰 소리로 연발하였습니다. 모두들 그를 비웃었습니다. 하지만 그는 개의치 않고 만나는 사람에게 고개를 숙여 인사했습니다.

처음에는 한두 사람만 호기심으로 따라하더니 시간이 지나자 모두들 그를 따라 "감사합니다"를 하기 시작했습니다.

그것으로 인해 직장 분위기가 점점 좋아지자 어느 날 사장이 그를 불러 말했습니다.

"자네는 우리의 보배라네. '감사합니다' 그 한 마디가 우리 모두에게 기쁨을 주었네. 영원히 우리 회사를 위해 일해주게."

그대의 슬픈 얼굴은 주의 사람들을 슬프게 만듭니다. 그대의 웃는 얼굴은 주위 사람들을 기쁘게 만듭니다.

주위 사람들을 자신과 무관한 사람이라 생각하고 아무렇게나 대할 때 세상은 우리에게 인색해집니다. 하지만 주위 사람에게 감사하는 마음을 가지면 어느새 세상이 한결 아름답게 보일 것입니다.

오늘이 바로 행복 집합소

— 레싱

　　한 사람이 있었습니다. 그는 내일은 더 친절하고 용감한 사람이 되고 싶었습니다. 내일은 그가 될 수 있는 모든 것이 되고 싶었습니다.

　　그는 자신의 도움을 필요로 하는 친구를 알고 있었습니다. 그는 내일 그 친구를 찾아가 자신이 해줄 수 있는 일, 도울 수 있는 일을 알아보려고 했습니다.

　　매일 아침이 되면 그는 내일 쓸 편지를 쌓아놓았습니다. 그리고는 내일 자신이 기쁨으로 채워줄 사람들을 생각했습니다. 하지만 오늘은 너무 바빠서 자신의 길을 멈출 시간이 조금도 없는 것이 유감이

었습니다.

그가 말했습니다.

"나는 좀더 많은 시간을 다른 사람들을 위해 쓸 것이다. 내일은……."

하지만 안타깝게도 그는 죽어버렸고 사람들의 기억 속에서 영원히 잊혀졌습니다.

그리고 남은 것이라고는 그가 '내일' 하려고 했던, 산더미처럼 쌓인 일들뿐이었습니다.

인생의 기본 단위는 오늘 하루입니다. 우리 일생의 행복은 오늘 하루에 주어진 행복의 집합입니다.

오늘이 바로 당신의 남은 인생에서 새로움으로 시작하는 때입니다. 내일이라는 약속어음보다는 오늘이라는 준비된 현금을 잘 활용하는 그대가 되기를…….

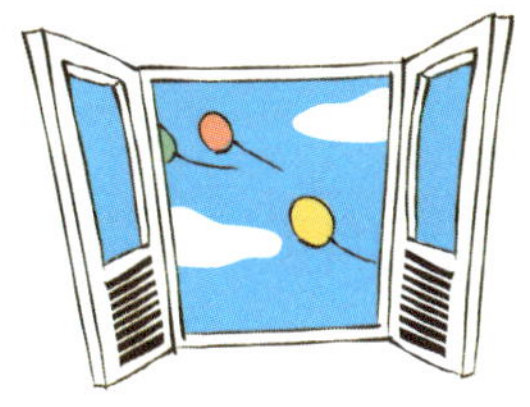

사랑은 부메랑을
타고 온다

즐거움은 가끔씩 찾아오는 손님이지만,
고통은 항상 우리를 따라다닌다.
– 존 키츠

가난으로 찌든 삶을 살아가는 마을이 있었습니다. 그래서 좀더 잘사는 마을로 만들기 위해 주민 회의를 열었습니다.

마을 사람들은 마을을 살리자는 데 곧 한마음이 되었고 많은 의견들이 쏟아졌습니다. 그래서 곡식 창고, 짐마차, 말, 소 등을 두 개 이상 가진 사람은 그중에 하나를 마을의 발전 기금으로 기증하기로 의견을 모았습니다.

그리고 그 의견은 표결에 부친 결과 만장일치로 통과하게 되었습니다. 주민 대표들은 사람들이 마을의 발전을 위해 선뜻 재산을 내

놓겠다고 하니 마을이 금세 발전할 수 있겠다고 생각했습니다.

그때 한쪽 구석에 조용히 앉아 있던 사람이 손을 번쩍 들고 말했습니다.

"다른 사람들은 창고, 마차, 말 등을 내놓겠다고 했는데, 저는 그럴 만한 재산이 없으니 닭 한 마리를 내놓겠습니다. 제 재산이 닭 두 마리이니 그 절반을 내놓는 것입니다. 닭을 두 마리 이상 키우고 있는 사람도 그 절반을 기증하기로 하는 것이 어떻습니까?"

진행자가 말했습니다.

"창고, 마차, 말, 소까지 모두 내놓겠다고 한 마당에 그깟 닭은 표결에 부칠 필요도 없겠지만 이것도 안건이므로 어쨌든 표결에 부치겠습니다. 이 안건에 찬성하는 사람은 손을 들어주십시오."

그런데 찬성에 손을 든 사람이 아무도 없었습니다. 진행자는 당연히 통과될 줄 알았기 때문에 순간 당황스러웠습니다.

'창고, 마차, 말, 소까지 다 내놓겠다던 사람들이 왜 이럴까?'

그는 처음 내놓은 안건에 대해 사람들에게 다시 물었습니다.

그러자 누군가 말했습니다.

"여기 창고, 마차, 말, 소를 가지고 있는 사람은 아무도 없소."

결국 자신들이 갖고 있지 않은 것에는 전부 찬성을 했지만, 갖고 있는 닭은 내놓기 싫어 부결을 시킨 것입니다. 결국 자신들은 마을의 발전을 위해서 아무것도 내놓지 않겠다는 뜻이었습니다.

　누군가에게 무엇을 준다면 그것은 언젠가 더 큰 모습으로 다시 돌아올 것입니다. 이것은 우리가 잊고 있는 삶의 진실입니다. 자신의 것을 아낌없이 꺼내줄 수 있는 사람, 그런 사람만이 그 보답으로 돌아오는 타인의 사랑을 받을 수 있는 것 아닐까요?

태평양 물고기들처럼

죽으려고 하는 것보다 살려고 하는 쪽이
훨씬 더 많은 용기를 필요로 한다.
– 알피에르

캐나다 당국이 토론토라는 지역에 거대한 수족관을 세워서 태평양 연안의 물고기들을 전시할 계획을 세웠습니다.

그런데 태평양 연안의 물고기들을 어떻게 옮길까, 궁리를 하다 자동차로 옮기자고 했습니다. 그리고는 태평양의 물도 그대로 사용하고 온도와 햇빛도 똑같이 조절해서 물고기를 차에 실었습니다.

차에 싣고 14일 만에 겨우 도착해 차를 열어보았습니다. 그런데 물고기가 모조리 죽어 있었습니다. 똑같은 방법을 몇 번이나 시도해 봤지만 결과는 마찬가지였습니다.

수족관에 관한 저명한 학자들이 오랜 연구를 거쳐 새로운 방법을 시도했습니다. 그리고 이번에는 그 물고기들 사이에 바다의 악동들인 문어 새끼, 상어 새끼 등을 넣었습니다. 그런데 놀랍게도 14일 후에 도착해서 보니 물고기가 모두 살아 있었습니다.

가장 안락한 조건에서 편안하게 산 물고기는 죽었지만, 짓궂은 악동들과 같이 온 물고기는 산 것이죠. 한 과학자가 이렇게 말했습니다.

"조류의 물살을 거슬러 오르려는 의지와 다른 물고기들 틈에서 살고자 했던 의지가 그들에게 살아나가는 힘과 지혜를 준 것입니다."

사진가들은 셔터를 눌러야 하는 순간을 놓치면 아무리 멋있는 장면이라고 해도 다시 찍을 수 없기 때문에 항상 긴장된 상태로 준비하고 있어야 합니다.

어떤 일에 대해 늘 신경을 집중시키는 것은 힘들겠지만, 항상 대비하고 준비하는 마음은 우리 안에 숨어 있는 가능성을 붙들어주는 끈입니다.

조금만 긴장의 끈을 늦추거나 타이밍이 맞지 않아도 공을 놓쳐버리고 마는 야구 경기를 생각해보세요. 자신에게 날아오는 소중한 기회를 놓치고 있다면 이제 꽉 잡으세요!

두고 보자

‘두고 보자’ 라는 별명을 가진 사람이 있었습니다. 그는 무슨 일이든지 적당히 미루면서 살았습니다. 곡식을 거두어들이는 것도 ‘두고 보자’, 자식을 장가 보낼 일도 ‘두고 보자’, 울타리 고칠 일도 ‘두고 보자’ 고 했습니다.

그러던 어느 날 날씨가 몹시 추워져 마을로 내려온 족제비가 울타리 구멍 사이로 고개를 들이밀고 닭장을 노려보고 있는 것을 집주인인 ‘두고 보자’ 가 발견했습니다. 그는 잽싸게 뛰어나가서 족제비와 눈을 맞추고 노려보기 시작했습니다.

“이놈, 우리집에 들어오기만 해봐!”

족제비는 그의 마음을 아는지 모르는지 울타리 구멍을 통과해 닭장을 향해 달려가기 시작했습니다. 주인인 '두고 보자'는 두 주먹을 불끈 쥐었습니다.

"족제비 이놈, 닭장에 들어가기만 해봐라."

족제비는 이제 거리낄 게 없다는 듯 닭들을 잡기 위해 뛰어 다녔습니다.

"저런 겁 없는 놈을 봤나? 우리 닭을 물고 가기만 해봐라."

그러나 족제비는 닭의 목을 물고 울타리 구멍을 유유히 빠져나갔습니다. 족제비가 멀리 사라져가는 모습을 보면서 주인은 씩씩대며 소리를 질렀습니다.

"저런 나쁜 놈 같으니! 다시 나타나기만 하면 두고 보자."

"나에게 오늘은 어제의 내일이었다. 그래서 나는 내일에 희망을 걸었다. 그리고 그를 통해 오늘을 위안했다. 그런데 내게 닥친 오늘은 어제의 내일이 아니었다. 그래서 나는 다시 내일에 희망을 걸지 않을 수 없었다. 이것이 바로 나의 일생이었다."

죽음을 바로 눈앞에 둔 어느 노인이 자신의 일생을 회고하는 글입니다.

그대도 그런 모습일지 모릅니다. 모든 것을 오늘에 걸지 않고 내일로 미룬다면 그것은 자신의 일생을 조금씩, 조금씩 갉아먹는 일입니다. 오늘을 버리면 당신에게는 내일도 없습니다.

그 물건의 이름은
절망이오

악마가 사업을 정리하려고 가게에 있던 물건들을 모두 경매에 붙였습니다.

악마의 물건들은 거의 새 것과 다름없어 보였는데 이상하게도 너무 낡아 거의 폐물에 가까워 보이는 것이 하나 있었습니다.

"악마 양반, 사업이 잘 안 되나 보군요. 이렇게 새 물건들을 내놓을 정도니……. 그런데 왜 저거 하나만 유독 낡았소?"

한 남자가 낡을 대로 낡아 폐물을 집어들며 물었습니다.

악마는 흐뭇한 웃음을 지어보이며 말했습니다.

"그건 내가 가장 즐겨 쓰던 물건이오. 워낙 쓸 일이 많다 보니 그렇게 낡아버렸소.”

호기심이 생긴 남자가 다시 물었습니다.

“도대체 그게 뭐 길래 그토록 애용했단 말이오?”

악마는 무슨 비밀이라도 되는 듯 그 남자의 귀에다 대고 소곤거렸습니다.

“그 물건의 이름은 절망이오. 세상 사람들을 가장 손쉽게 유혹하는 데는 절망이 최고지. 워낙 많이 사용하다 보니 이렇게 낡긴 했지만…….”

잠재의식은 램프 속에 잠자고 있는 거인입니다. 그것은 우리가 원할 때 언제든지 불러낼 수 있는 친구이며, 우리가 원하는 것을 언제든지 가져다주는 좋은 친구이지요.

우리는 힘들 때 잠재의식이라는 램프 속 거인을 부릅니다. 하지만 우리는 그에게 희망이라는 보석상자를 원하기보다는, 절망이라는 아무 쓸모없는 폐물을 더 많이 바라지요. 어떤 일에 실패하고 좌절할 때 악마가 우리에게 절망을 들이민다면, 자신의 거인에게 희망이라는 보석상자를 들고 오라고 말하세요.

삶의 주인과 노예

인생은 그것을 느끼는 인간에게는 비극이며,
그것을 생각하는 인간에게는 희극이다.
– 라브뤼이에르

아프리카에서 일생을 봉사 활동에 바친 영국의 선교사 리빙스턴 박사의 이야기입니다.

리빙스턴의 절친한 친구 몇 명이 아프리카에서 일손이 모자라 고생하는 그를 위해 도와줄 사람을 보내주겠다는 편지를 보냈습니다.

고생하는 친구에 대한 안쓰러움을 적은 그 편지에는 '도움을 줄 수 있는 사람이 갈 수 있게 그곳까지 가는 길을 알려주게' 라고 적혀 있었습니다.

리빙스턴은 편지를 받고 곰곰이 생각한 끝에 이렇게 답장을 썼습니다.

'이곳까지 오는 길이 있어야만 오겠다는 그런 사람들이라면 나는 사양하겠네. 내가 필요로 하는 사람은 길이 없어도 오겠다는 마음을 가진 그런 사람이라네.'

그대는 삶의 주인입니까? 삶의 노예입니까?

주인은 달력의 검은 글씨를 찾고 노예는 붉은 글씨를 찾는 사람입니다. 주인은 일거리를 스스로 찾아서 하고 없으면 만들어서 하지만, 노예는 주어진 일만 하면서 일이 너무 많다고 늘 불평합니다.

주인은 자신이 필요한 곳을 스스로 개척해서 찾아가지만, 노예는 그곳에서 자신이 불러주기만을 기다리는 사람입니다.

그렇다면…… 그대는 삶의 주인입니까? 삶의 노예입니까?

행복은 마음 안에 있다

행복이란 영혼의 향기이며 노래하는 마음의 조화이다.
그리고 영혼의 음악 중에서 가장 아름다운 것은 자애로움이다.
– 로맹 롤랑

어느 골초가 담배가 몹시 피고 싶었는
데 아무리 찾아도 자신의 집에 성냥이 없었습니다. 깊은 밤이었지만
담배를 피우고 싶은 일념에 그는 옆집을 찾아갔습니다. 여러 번 문
을 두드린 끝에 곤히 잠들어 있던 주인이 일어났습니다.

"이 밤중에 무슨 일로 찾아오셨습니까?"

"밤늦게 실례를 무릅쓰고 찾아왔습니다. 아시다시피 저는 골초입
니다. 그런데 난처하게도 성냥이 없어 불을 좀 빌리려고 이렇게 찾
아왔습니다."

"뭐라고요?"

주인은 기가 차다는 듯이 웃으면서 말했습니다.

"왜 그러십니까?"

"이 밤중에 여기까지 오실 필요가 없었을 텐데요. 지금 당신 손에 등불이 있지 않습니까?"

행복은 마음 안에 있습니다. 행복이 보이지 않는다면 마음이 어둡고 각박해져 가까이에 있는 행복을 볼 수 있는 눈이 감겨진 것일 뿐입니다. 행복은 가장 가까운 곳에서 당신의 눈이 떠지기만을 기다리고 있습니다.

우리에게 주어진 33가지의 행복 중에는 한여름의 소나기, 겨울날 오랜만에 내리는 함박눈도 있다고 합니다.

똑같은 것이라도 마음의 눈을 어디에 두느냐에 따라 빛나는 보석이 되기도 하고 한낱 쓰레기로 보이기도 하지요.

불행에서 행복까지

행복한 생활은 마음의 평화에서 성립된다.
– 키케로

어느 날 미국의 저명한 상담 전문가 필 박사에게 한 청년이 찾아와 상담을 했습니다.

"박사님, 저는 직장도 없고 돈도 없습니다. 그리고 하루하루를 살아갈 희망도 없습니다."

필 박사는 그의 신세 한탄을 듣고 청년에게 물었습니다.

"잠은 잘 자는가? 가정은 있는가? 친구는 있는가?"

청년이 그 질문에 모두 고개를 끄덕이자 필 박사는 이렇게 말했습니다.

"자네는 왜 있는 것과 좋은 것은 생각하지 않고, 없는 것과 나쁜 것만 생각하는가?"

종이 위에 '나는 불행하다' 라고 써보세요. 그리고 '나는 불행하다' 에서 '불행' 을 지우개로 지우고 '행복' 으로 고쳐 쓰면 '나는 행복하다' 가 됩니다.

그러면 실제로 불행하기보다는 행복하다는 느낌이 더 커질 것입니다.

그 다음에는 '나는 행복하다' 라고 써보세요. '나는 행복하다' 에서 '행복' 을 지우개로 지우고 다시 '불행' 으로 고쳐 쓰면 '나는 불행하다' 가 됩니다.

그때는 실제로 행복보다는 불행하다는 느낌이 더 커지겠지요?

행복과 불행은 우리도 모르는 사이에 찾아옵니다. 그렇지만 우리가 마음먹기에 따라 행복이 불행으로 바뀌기도 하고 불행이 행복으로 바뀌기도 합니다.

당신은 온실 속에서
자란 꽃입니까?

우리는 때때로 다른 사람의 덕보다는
실패에서 많은 것을 배운다.
– 롱펠로우

어느 날 풍부한 경험을 가지고 있는 농부가 신에게 찾아가 이렇게 말했습니다.

"당신이 정말 신이라면, 그래서 이 세상을 살기 좋게 창조했다고 한다면 꼭 할 말이 있습니다. 당신은 농부가 아니기 때문에 농사일을 잘 모르지 않습니까? 하지만 이건 꼭 알아야 합니다."

신이 물었습니다.

"뭘 말하고 싶은 건가?"

"내게 딱 일 년만 주십시오. 이 세상에서 가난이 걷히게 할 테니 내가 원하는 대로 지켜봐주세요."

신은 농부의 뜻대로 일 년이라는 시간을 주었습니다.

물론 농부는 최선의 것을 원했습니다. 농사짓기에 가장 좋은 일 년을……. 비바람도, 태풍도, 천둥도 없고 화창하기만 한 날씨를 말입니다. 모든 것이 농사짓기에 완벽했기 때문에 농부는 한껏 즐거웠습니다.

농부는 다시 신을 찾아가 말했습니다.

"보십시오. 한 십 년만 농사가 이렇게 이루어진다면 사람들은 일을 안 해도 양식이 충분할 겁니다."

드디어 곡식을 거둘 때가 되었습니다. 그런데 전부 껍데기만 있을 뿐, 알맹이가 든 곡식은 하나도 없었습니다. 깜짝 놀란 농부가 신에게 물었습니다.

"이게 어찌된 일입니까? 도대체 뭐가 잘못된 겁니까?"

신이 말했습니다.

"도전이 없었기 때문이다. 갈등과 혼란이 없었기 때문이다. 방해되고 좋지 않은 것은 죄다 피했기 때문이다. 그래서 껍데기만 있을 뿐 알맹이가 없는 것이다. 알맹이를 얻으려면 비바람과 천둥을 동반한 고난과 시련이 필요하지. 그래야 비로소 껍데기 속에 있는 영혼들이 더 단단히 영글지 않겠나!"

꽃 재배업자들이 손님의 이목을 끌기 위해 적당한 온도와 수분에 농약까지 치고 키운 온실의 꽃들은 참으로 아름답습니다. 하지만 오래가지 못합니다. 단지 겉모습만 아름다울 뿐 튼튼하지도 향기롭지도 않지요.

오히려 어려운 환경에서 세찬 비바람을 맞은 꽃일수록 땅 속 깊게 뿌리내리는 강인함으로 더욱 진한 향기를 내뿜는 법입니다.

당신은 온실에서만 곱게 자란 나약한 꽃입니까? 비바람과 천둥을 이겨내고 당당히 서 있는 꽃입니까?

더 큰 나무가 되기 위해

진리는 거대한 횃불이다. 그런 까닭에 모두들 눈을 가늘게 뜨고
그 곁을 지나치려고 한다. 화상이라도 입을까 조심하면서.
– 괴테

어릴 때부터 우주의 신비에 관심이 많
던 한 학자가 성장해서 물리학자의 길을 걸었습니다.

쉼 없이 연구에 몰두한 결과 그 이전까지 밝히지 못했던 새로운
사실을 밝혀낼 수 있었습니다. 그의 반평생을 투자한 결과, 학계에
서는 그의 연구를 격찬했고 유명한 물리학자로서의 위치를 확보하
게 되었습니다.

연구에 몰두하던 그 학자는 어느 날 자신의 이론이 잘못되었다는
것을 깨닫고 새로운 이론을 발표했습니다. 기자들이 찾아와 학자에
게 물었습니다.

"선생님, 그렇다면 당신의 반평생 연구는 물거품이 아닙니까?"

물리학자가 대답했습니다.

"제가 반평생을 걸고 연구하지 않았다면 그 이론이 잘못되었다는 것도 알 수 없었을 겁니다. 이번에 발표한 새로운 이론은 반평생의 노력이 없었다면 태어나지 못했겠지요. 내 연구는 단 한 번도 헛된 적이 없었습니다. 사람들이 말하는 실패가 오히려 더 큰 가르침이었으니까요."

실패가 계속되면 사람은 자기 자신을 잃게 되지만 자신감이 없으면 성공은 결코 찾아오지 않습니다. 실패 없이 성급하게 좋은 결과를 얻으려고 하지 마세요.

좋은 과정이 되도록 노력하며 정진하는 동안에 생기는 실패라는 낙엽은 그 나무가 더욱 크고 튼튼하게 자랄 수 있도록 자양분이 되어 줍니다. 실패는 패배가 아닙니다.

인생의 승자는 실패조차도 자신의 모습이라 생각하고 오히려 그 실패를 자신을 성장시키는 기쁨으로 받아들입니다. 하지만 패자는 실패를 슬픔으로만 받아들입니다.

부족해야 행복하다

어느 부잣집에 거지 두 명이 와서 구걸을 했습니다. 두 거지는 마을에서 이름난 욕심쟁이 거지와 심술쟁이 거지였습니다.

부잣집 주인은 그들에게 이상한 내기를 하나 제안했습니다. 두 사람이 서로 말을 걸지 않기로 내기를 해서 이긴 사람에게는 무엇이든 진 사람보다 갑절로 주겠다는 약속이었습니다.

욕심쟁이 거지는 무엇이든 갑절을 받고 싶어 말을 하지 않기로 결심했습니다. 심술쟁이 거지도 자신이 내기에서 지면 상대편 거지보다 갑절이나 적게 받을 것이 배가 아파 침묵을 지킬 수밖에 없었습니다.

　종일 그러고 있다 도저히 갑갑함을 참을 수 없었는지 심술쟁이가 욕심쟁이보다 먼저 말을 했습니다.

　"제 눈을 하나 뽑아주십시오."

　부잣집 주인은 놀라 물었습니다.

　"왜 그러는가?"

　"그러면 갑절로 저 녀석의 두 눈을 다 뽑아버릴 것 아닙니까?"

　욕심이란 작은 것을 놓치지 않으려고 하다가 결국 큰 것을 놓치는 어리석은 짓입니다.

　심술이란 자신도 상처받고 손해를 입지만 상대방이 자기보다 더 큰 손해와 상처를 받으면 만족하는 바보이지요.

　작은 것을 탐내다가 오히려 더 큰 것을 잃어 자신을 망치는 사람보다는, 비록 자기 것이 조금 부족해도 넉넉한 가슴으로 만족할 수 있는 사람이 더 행복한 사람입니다.

행복 방정식

열 살의 나이에도 불구하고 대학 교수
도 잘 풀지 못하는 수학 문제를 척척 풀어내는 천재 소년이 있었습
니다. 하지만 그 소년은 주위 사람들의 지나친 기대 때문에 극심한
심리적 압박을 받아 조금도 행복하지 않았습니다.

소년의 부모는 아들이 걱정이 되어서 긴장도 풀고 편하게 쉴 수
있도록 소년이 좋아하는 같은 반의 여학생과 함께 영화를 보도록 자
리를 만들었습니다. 둘은 다정히 손을 잡고 영화관으로 들어갔고 부
모는 흐뭇한 눈길로 그들을 바라보았습니다. 영화가 끝나고 데리러
온 아버지의 차에 탔을 때 소녀가 소년에게 말했습니다.

"어땠니? 난 주인공이 흐느낄 때 나도 따라 울 뻔했어. 너무 감동적인 영화 아니니?"

소녀의 이야기를 듣고 기분이 좋아진 아버지가 아들에게 물었습니다.

"정말 감동적인 영화였나 보구나. 그래, 너는 어땠니?"

시트에 등을 기대고 단정하게 앉아 있던 소년이 무심하게 대답했습니다.

"그 영화에는 정확하게 22,369개의 문장이 나왔고, 그 문장은 98,332개의 단어로 이루어져 있었어요."

수학 방정식은 한 치의 오차도 없이 풀어내면서 행복 방정식은 간과하고 사는 사람들…… 그런 사람들이 늘어가는 요즘, 세상이 너무 무겁게 느껴지지 않습니까?

행복은 어디에서 오는가

힘은 희망을 가진 사람들에게 주어지고,
용기는 가슴속의 의지에서 일어나는 것이다.
— 펄 벅

한 쪽 다리를 저는 소녀가 있었습니다.

그 소녀의 가슴속에는 웃는 반쪽과 찡그린 반쪽이 같이 살았습니다.

어느 맑은 날 소녀가 길을 걷고 있었습니다.

"햇볕이 잘 드는군. 고맙기도 해라."

소녀의 가슴에 있는 웃는 반쪽이 그렇게 말하자 찡그린 반쪽이 투덜거렸습니다.

"무슨 놈의 햇볕이 이렇게 뜨거운 거야? 걸어 다닐 수가 없잖아!"

소녀가 걸음을 옮겨 언덕 쪽으로 도달할 때쯤이었습니다. 찡그린 반쪽이 말했습니다.

"먹을 수도 없는 풀들이 왜 이렇게 많은 거야!"

웃는 반쪽이 말했습니다.

"어머 쑥이 많이 났네? 저쪽 둑까지 가지런히도 났구나."

집으로 돌아오는 길에 웃는 반쪽이 또 말을 했습니다.

"한쪽 다리가 있으니 나는 얼마나 행복한가! 어머니가 계시니 행복하고, 이렇게 세상을 볼 수 있으니 얼마나 행복한 거지?"

그러자 찡그린 반쪽이 말했습니다.

"나는 한쪽 다리가 없으니 불행하다. 아버지가 안 계시니 불행하고, 왼쪽 귀가 잘 들리지 않으니 그것도 불행하다."

소녀는 이내 잠이 들었습니다. 어느 쪽이 자신의 진짜 모습인가를 생각하며……

어느 회사원이 해외의 외진 곳으로 전보 발령을 받았습니다. 그의 부인은 익숙하지 않은 문화는 물론 말조차 통하지 않는 사람들만 있는 그곳이 감옥과 같다고 느꼈습니다.

그래서 어머니에게 더 이상 참기가 힘들어 차라리 이혼을 하고 싶다는 내용의 편지를 보냈습니다.

며칠이 지난 후, 어머니에게서 답장이 왔습니다.

"죄수 두 사람이 같은 감방에 갇혀 있었단다. 한 사람은 창살을 보면서 '감방이 싫다' 고 했고, 한 사람은 창 너머를 보면서 '별이 참 많이도 있구나' 했단다. 그런데 그 감옥이 바로 네가 있는 집이란다."

행복은 과연 어디에서부터 오는 것일까요? 같은 상황에서도 어떤 사람은 긍정적인 생각을 하고, 어떤 사람은 부정적인 생각을 합니다. 두 사람 중 과연 누가 행복할까요?

행복과 불행은 서로 멀리 떨어져 있는 것이 아닙니다. 두 가지 마음은 우리 마음속에 늘 함께 존재하고 있습니다. 단지 특정 상황에서 어떤 사람은 행복하기를 선택하고, 어떤 사람은 불행하기를 선택할 뿐입니다.

내 동생은
불행입니다

입으로는 화를 내도 눈으로는 웃어라.
― 토마스 칼라일

단 한 번만이라도 행복하게 사는 것이
평생소원인 독신 남자가 있었습니다. 그는 행복의 작은 조각 하나만
이라도 달라고 신에게 매일 기도했습니다.

그러던 어느 날 밤 그의 집 문을 두드리는 사람이 있었습니다. 누
군가 궁금해 하며 문을 열어보았더니 아름다운 행복의 여신이 서 있
었습니다.

남자는 너무도 기쁜 마음에 행복의 여신을 집 안으로 맞이하려 했
습니다. 그때 행복의 여신이 말했습니다.

"잠깐만요, 내게는 누이동생 하나가 있는데 언제나 함께 여행을

다닌답니다.”

남자는 그의 누이동생을 보고 깜짝 놀랐습니다. 눈부시게 아름다운 언니에 비해 동생은 아주 추한 모습을 하고 있었기 때문입니다. 남자가 물었습니다.

“당신의 동생이 틀림없습니까?”

“네, 틀림없는 내 동생입니다. 이름은 ‘불행’ 이라고 하지요.”

행복의 여신은 남자에게 동생을 소개했습니다.

남자는 행복의 여신만 자신의 집으로 초대하고 싶다고 했습니다. 그러나 행복의 여신은 그렇게는 할 수 없다고 대답했습니다.

“그건 안 됩니다. 동생과 나는 형제이므로 언제나 함께 한답니다. 우리들을 분리해서 생각할 수는 없어요. 내가 가는 곳에는 언제나 동생이 함께 있어야 하니까요. 나만을 원하신다면 나는 더 이상 당신 앞에 나타날 수가 없군요.”

태양이 있으면 또 다른 쪽에는 언제나 달이 존재합니다. 그래서 우리가 보는 하늘을 중심으로 두 행성이 뜨고 지기를 반복하듯, 행복과 불행 또한 우리에게 번갈아 나타납니다.

190

지금 불행이 당신을 덮치고 있다 해도 반대편에서 나타날 행복을 꿈꾸며 열심히 사세요. 그러면 행복이 더 빨리 찾아오지 않을까요?

밝게 웃을 수 있는 이유

용기 있는 곳에 희망이 있다.
— 타키투스

너무나도 당당하게 서 있는 큰 산이 있었습니다. 그런 산의 모습이 아니꼬웠는지 우레와 번개, 비와 눈, 그리고 세찬 바람이 온갖 협박을 하면서 그 콧대를 꺾어놓으려고 애썼습니다.

우레는 큰 산의 귀에 대고 고함을 질러댔고, 번개는 가슴에 빨간 상처를 냈습니다. 그것도 모자란지 그의 팔을 부러뜨리고 얼굴을 할퀴었습니다. 또 우박은 그의 온몸을 사정없이 때렸습니다.

하지만 그 모든 고난에도 불구하고 큰 산은 끄떡없었고, 결국 그를 괴롭히던 것들이 지쳐서 가버렸습니다. 태양은 다시 떠올랐고,

큰 산은 빙그레 웃었습니다. 그리고 이렇게 말했습니다.

"이 세상에 시련과 아픔을 이겨내며 살아가는 이가 어디 나 하나뿐이겠습니까? 지금 내가 더 밝게 웃을 수 있는 것은 그 시련과 아픔들이 있었기 때문입니다."

로마 교회를 처음 세웠던 바오로의 편지에는 이런 구절이 있습니다.

'고통은 인내를 낳고, 그 인내는 시련을 이겨내는 끈기를 낳고, 그러한 끈기는 희망을 낳는다는 사실을 우리는 알고 있습니다. 그리고 이 희망은 결코 우리를 실망시키지 않습니다.'

우리에게 닥치는 시련과 아픔을 피하기보다는 그 속에서 얻을 수 있는 희망을 가슴에 품고 살아가는 사람에게 삶은 결코 실망을 안겨주지 않습니다.

슬픔의 밤이 지나가면

슬픔은 가장 좋은 친구이며 사람에게 엄청난 기쁨을 안겨준다.
         – 로맹 롤랑

가난한 형편에 갑자기 외아들마저 잃은 여인이 있었습니다. 여인은 엄청난 슬픔으로 인해 자포자기에 빠졌고 삶은 엉망이 되어가고 있었습니다.

"왜 하필 나에게만 이런 슬픈 일이 생기는 것일까?"

여인은 그렇게 자신의 삶을 한탄하며 살아갔습니다. 결국 슬픔을 견디다 못한 그는 삶을 마감할 각오를 하고 마지막으로 현인에게 찾아가 하소연을 하였습니다.

그러자 현인이 이렇게 말했습니다.

"겨자씨 한 톨을 가져오면 당신의 아들을 살려주겠습니다. 단, 그

겨자씨는 슬픔이 없는 집의 겨자씨라야만 합니다.”

그때부터 여인은 집집마다 돌아다니면서 슬픔이 있는지 없는지 물었습니다. 하지만 슬픔이 없는 집은 어디에도 없었습니다.

얼마 후 여인이 말했습니다.

“나는 그동안 얼마나 이기적으로 내 슬픔만을 고집해왔던가. 슬픔은 누구에게나 있는 것을……. 진정 나에게 슬픈 일은 슬픔으로 인해 모든 일을 자포자기해버린 나의 못난 습관인 것을…….”

슬픔은 꼭 버려야만 하는 것은 아닙니다. 그것은 우리가 사는 동안에 빛나는 생활을 위한 강렬한 감정일 뿐입니다.

슬픔은 어떤 행복도 따라잡을 수 없는 나름대로의 아름다움과 깊이를 지니고 있습니다.

슬픔의 밤이 지나면 언제나 기쁨의 신 새벽이 깃드는 법. 사는 동안에 진정으로 슬퍼해야 할 일은 슬픔을 단지 슬픔으로만 받아들여 일어서지 못하고 허물어지는 자신의 모습을 발견할 때입니다.

눈높이 사랑

크리스마스가 다가오자 어머니는

네 살배기 아이를 데리고 선물을 사기 위해 거리로 나갔습니다.

거리는 온통 반짝이는 불빛과 즐거운 캐럴송으로 가득 차 있어 어머니는 기분이 좋아졌고, 당연히 아이도 기분이 좋을 것으로 생각했습니다.

장난감 가게 앞에 멈춰 섰을 때 어머니는 예쁜 인형을 발견하고는 아이의 손을 잡아당겼습니다. 그런데 아이는 가게로 들어가지 않고 자꾸 어머니 뒤로 숨으려고만 했습니다.

"왜 그러니? 저 인형이 마음에 들지 않니?"

그러나 아이는 울먹이며 전혀 즐거워하지 않았습니다. 어머니는 이해가 되지 않는다는 듯 고개를 갸우뚱거리다 아이의 신발끈 한쪽이 풀어져 있는 것을 보았습니다.

"이런, 신발끈이 풀어졌구나? 엄마가 매줄게."

어머니는 쭈그리고 앉아 아이의 신발 끈을 매주고는 무심코 고개를 돌렸는데 거리에는 아무것도 보이지 않았습니다. 장난감이 가득한 가게도, 화려한 조명도, 즐거워하는 사람들의 모습도, 그 어떤 것도 보이지 않았습니다. 바쁘게 걸어가는 사람들의 굵은 다리와 신발만 보였을 뿐입니다.

그제야 어머니는 아이의 눈높이로 세상을 보게 된 것입니다. 아이가 본 것은 너무나 삭막한 크리스마스 거리였습니다.

어머니는 두 번 다시 자신의 기준으로 아이의 감정을 강요하지 않겠다고 다짐하며 아이를 꼭 끌어안았습니다.

사람이든 사물이든 보는 각도에 따라 전혀 다르게 보입니다. 새로울 것 없는 사실이지만 우리는 살아가면서 이러한 사실을 자주 잊어버리곤 합니다.

상대방과 나의 눈높이가 같지 않고서는 결코 그의 가슴을 읽어낼 수 없는 법이지요.

이미 하나의 유행이 되어버린 '눈높이 사랑'. 그 눈높이의 기준은 '내가 보는 시선'이 아니라 '그가 보는 시선'에 있다는 사실을 잊지 말아야 합니다.

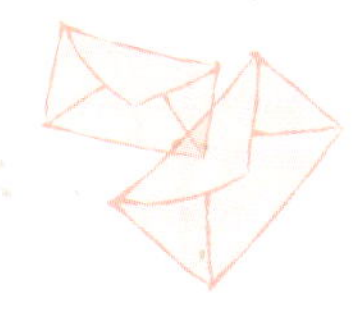

영혼의 두레박을 내리다

아름다운 장미는 가시 위에서 피고, 슬픔 뒤에는 반드시 기쁨이 있다.

― 괴테

청춘의 이름으로

청춘은 미래가 있다는 것만으로도 행복하다.
– 니콜라이 고골리

하늘 높이 멋지게 날아다니는 갈매기가 있었습니다. 안개와 비를 헤치면서 긴 여행을 한 끝에 목적했던 곳까지 얼마 남지 않게 되었습니다. 그런데 난데없이 하늘이 진동하더니 우박이 마구 쏟아졌습니다.

갈매기는 그만 날개에 우박을 맞고 모래사장으로 떨어지고 말았습니다. 지칠 대로 지쳐 다시 날기를 포기한 그에게 기러기가 물었습니다.

"왜 날지 않고 그냥 있는 거니?"

"우박을 맞았어요. 우박 때문에 제가 원하는 곳까지 갈 수 없을 것

같아요.”

기러기가 말했습니다.

“새들 중에 우박을 한 번도 맞아보지 않는 새가 있을까? 문제는 너처럼 우박을 한 번 맞았다고 해서 더 높이 날기를 너무 빨리 포기한다는 거야.”

“그럼 우박을 어떻게 생각하고 받아들여야 하죠?”

“시련과 재난은 우리를 보다 강하게 만드는 과정이야. 그리고 결코 할 수 없다는 최후의 통지가 아니라, 약간의 시간이 더 필요하다는 연기 통지라고 할 수 있지.”

기러기가 되물었습니다.

“얘야, 청춘의 다른 이름이 뭔지 아니?”

갈매기가 고개를 젓자 기러기는 말했습니다.

“결코 꺾이지 않는 거야. 그 우박은 널 주저앉히려고 내린 것이 아니란다. 네가 다시 도전해서 더 강해질 수 있는가를 시험해본 것뿐이야.”

갈매기는 고개를 들고 심호흡을 한 후에 다시 하늘로 힘차게 날아올랐습니다.

잠깐 비가 내리면 꽃들은 생기를 되찾고, 잠깐 눈이 내리면 사람들이 사는 세상이 예뻐 보이겠지요.

하지만 일 년 내내 비가 오고, 일 년 내내 눈이 온다면 어떨까요? 꽃들은 물에 잠겨 죽고, 사람들이 사는 세상에는 큰 혼란이 오겠지요.

마찬가지입니다. 그대 가슴속에 눈물도 잠시, 시련에 쓰러져 일어나지 못하는 것도 잠시여야 합니다.

잠깐의 눈물을 거두고, 잠깐의 시련을 딛고 일어서서 다시 한 번 힘차게 날갯짓할 때, 저 멀리 있던 그대가 꿈꾸던 곳에 한층 가까이 와 있음을 느끼게 될 것입니다.

99냥의 악순환

가난하지만 늘 행복에 젖어 있는 왕의 이발사가 있었습니다. 그는 비록 가난했지만 직업에서, 가정에서 그만이 느끼는 행복이 있었습니다.

매일 왕의 머리를 다듬어주고 푼돈을 받아 빠듯하게 생활하지만 더 가지려는 욕심을 부리지 않았기 때문에 그는 늘 행복했습니다. 왕은 그런 이발사의 모습을 흐뭇한 시선으로 바라보곤 했습니다.

"자네의 얼굴은 항상 기쁨으로 빛나고 있네. 모든 것을 가지고 있는 나도 갖기 힘든 그 행복의 비결은 무엇인가?"

"저도 잘 모르겠습니다. 그저 지금이 만족스러울 뿐입니다."

왕은 대신들을 모아놓고 물었습니다.

"그 가난한 이발사가 행복한 비결은 무엇인가? 가진 것이 없으면서도 행복한 이유가 도대체 무엇인가?"

한 현명한 대신이 이야기했습니다.

"그는 99의 악순환을 모르기 때문이지요."

"그게 무슨 뜻이오?"

"왕께서는 그것의 악순환에 있으면서도 그것을 모르고 계십니다. 오늘 그 이발사의 집에 금화 99냥을 몰래 넣어주십시오. 그러면 99의 악순환에 대하여 설명해 보이겠습니다."

왕은 그날 밤 신하들을 시켜 이발사의 집에 금화 99냥을 갖다놓았습니다.

그 다음날, 이발사는 초췌한 모습으로 나타났습니다. 아주 많은 양의 금화가 갑자기 생겨서 기뻤지만 99냥이라는 것이 문제였습니다.

돈이 생긴 이발사는 결심했습니다.

금화 1냥을 더 채워서 꼭 100냥을 만들겠다고⋯⋯. 하지만 이발사가 만져본 것은 푼돈뿐, 그 푼돈으로 금화 1냥을 만들기에는 역부족이었습니다.

고심한 끝에 이발사는 하루는 먹고 하루는 굶는 생활을 반복하기로 했습니다. 어느덧 금화 1냥을 채워야 한다는 집착이 그를 짓누르기 시작했습니다. 자연스레 이발사의 어깨는 처지고 얼굴에는 그늘이 지게 되었습니다.

얼굴에 활기도 없어지고 마음이 늘 불편해서 이발조차 제대로 하지 못할 지경에 이르자 왕이 물었습니다.

"왜 그러는가? 그렇게 행복해 보이던 자네가 그런 슬픈 표정을 짓다니 무슨 일이 있는 건가?"

이발사가 슬픈 표정으로 대답했습니다.

"저는 99의 악순환에 꼼짝없이 걸려든 희생자입니다."

화려함을 맛본 사람은 작은 초라함도 견디기 힘든 법입니다. 한번 생긴 물욕을 좀처럼 버리기 힘든 이유는, 그것은 계속 늘어가기만 할 뿐 결코 줄어드는 법이 없기 때문이죠.

물욕이 늘어나면 만족감과 행복은 오히려 줄어들고, 물욕이 줄어들면 오히려 만족감과 행복이 늘어나는 반비례의 법칙, 세상을 살아가는 어느 누구에게도 예외를 용납하지 않는 법칙입니다.

험담의 주인

재물의 빈곤은 쉽게 치유되지만,
영혼의 빈곤은 결코 치유되지 않는다.
– 미셸 몽테뉴

건달 같은 사내가 대학 교수에게 찾아와 마구 욕설을 퍼부었습니다. 그 사내는 교수가 쓸데없는 말만 늘어놓고 돈을 버는 사람이라며 비아냥거렸습니다.

교수는 그의 욕설을 아무렇지도 않다는 표정으로 가만히 듣고만 있었습니다. 그리고 남자에게 이렇게 물었습니다.

"만일 당신이 어떤 사람에게 음식을 받지 않았다면 그 음식은 누구의 것이겠습니까?"

"물론 그의 것이죠."

그 건달 같은 남자가 대답했습니다.

그러자 대학 교수는 낮은 목소리로 말했습니다.

"그것과 똑같습니다. 당신이 내게 심한 욕설을 퍼부었지만 나는 그것을 받지 않았으니 그 욕설은 여전히 당신 것입니다."

그제야 그 사내는 자신의 생각이 짧았다는 것을 인정했습니다.

미국의 저명한 잡지인 〈애틀랜타 저널〉에 다음과 같은 글이 실린 적이 있습니다.

'나는 치명적인 타격을 가할 수 있는 힘과 기술을 가지고 있다. 나는 사람을 죽이지 않고도 승리한다. 나는 수많은 사람의 건강과 인생을 파괴하고 심지어 가정, 학교, 국가까지도 파괴한다. 나는 정의와 진리를 경멸하며, 나는 나에게 희생될 많은 사람들을 거느리고 있다. 나는 바다의 모래보다 더 많은 노예를 거느리고 있다. 나는 결코 망각되지 않는다. 나는 결코 용서되지 않는다. 내 이름은 욕설 또는 중상모략이다.'

하지만 막강한 힘을 가지고 그대를 향해 날아오는 욕설과 중상모략의 화살이라고 해도, 그대가 받지 않으면 화살의 방향은 그 말을 한 상대방에게 돌아갈 것입니다. 욕설과 중상모략을 하는 자가 오히려 그 주인이 된다는 말이죠.

나에게 돌아오는
험담의 화살

불평은 하늘로부터 받은 최대의 공물(貢物)이다.
– 조나단 스위프트

오솔길을 걸어가던 곰이 이상한 물건을 발견했습니다. 앵두 같기도 하고 무슨 공 같기도 해서 발바닥으로 밟아 뭉개버렸습니다. 그러자 그것은 본래의 크기보다 두 배나 커지는 것이었습니다.

그 모습을 보고 곰은 약이 올랐는지 다시 세차게 짓밟고 주먹으로 내리쳤습니다. 그러자 그것은 점점 커져 급기야 오솔길을 막아 버리고 말았습니다.

곰은 그만 어이가 없어서 멍하니 서 있기만 했습니다. 이때 숲속의 여신이 나타나 말했습니다.

"그만하거라. 이것은 험담과 말다툼의 씨앗이란다. 네가 건드리지
만 않으면 처음에 있던 그대로이지만, 일단 건드리면 건드린 만큼
무서우리만치 더 커진단다."

러시아의 문인 막심 고리키는 험담에 대해 이렇게 말했습니다.

"험담은 한꺼번에 세 사람에게 상처를 준다. 험담을 하는 사람, 험
담을 전하는 사람, 험담을 듣는 사람. 그러나 가장 심하게 상처를 입
는 사람은 험담을 한 그 사람 자신이다."

먼 옛날에 어떤 신이 날아다니는 화살을 만들어 사람들을 쏘아 죽
이도록 마법을 걸었습니다. 그리고 세상 사람들에게도 그 화살을 나누
어주고 화살로 다른 사람을 죽인 사람도 죽도록 마법을 걸었습니다.

시간이 지나 사람들은 모두 죽었고 더 이상 희생의 대상이 없어지
자, 그 화살은 곧 신에게로 향했습니다. 그래서 그 신마저도 자신이
만든 화살을 피해 다녀야 했습니다. 그 화살의 이름은 바로 '험담'이
었습니다.

더 높은 곳을 향하여

인생을 밝게 생각하거나 어둡게 생각하더라도
나는 결코 인생을 저주하지 않는다.
– 헤르만 헤세

미국의 철학자 존 듀이가 80세가 넘었을 때의 이야기입니다.

한 젊은 학자가 그를 찾아와 철학이 우습다면서 빈정거렸습니다.

"그 따위 말장난이 무슨 학문입니까? 도대체 그것이 우리에게 무슨 소용이 있습니까?"

그러자 존 듀이가 조용히 웃으며 이렇게 말했습니다.

"그건 말이야, 우리가 산에 올라가야 하는 이유와 같은 걸세."

"산을 오르다니요? 그게 무슨 말입니까?"

젊은 학자가 반문하자 존 듀이가 말했습니다.

"산 아래에 있을 때는 모르지만 산에 올라가보면 올라가야 할 다른 산들이 많이 있다는 것을 알게 된다네. 그래서 또 다른 산을 오르고, 또 오르고 그렇게 계속하는 것이지. 만일 자네가 올라가야 할 산을 보지 못하고 계속해서 산에 오르지 않으면 자네는 지금 상태로 만족해야 하는 것이네."

항아리에 동전이 몇 개 있으면 소리가 시끄럽지만, 동전이 꽉 차 있을 때는 소리가 나지 않습니다.

진정으로 많이 아는 사람은 자신의 지식을 뽐내지 않고, 진정으로 아름다운 사람은 자신의 미를 뽐내지 않습니다. 진정한 지혜와 미는 말하지 않아도 드러납니다.

우리는 아직 배워야 할 것들이 더 많은 미완의 인생입니다. 무엇인가를 알면 알수록 더 배워야 할 것이 많다는 사실을 깨달아야 합니다.

배려는
사랑의 안전벨트

눈보라가 매섭게 몰아치는 어느 추운 겨울이었습니다. 한 신사가 말을 타고 여행을 하고 있었습니다.

그는 우연히 어린아이를 등에 업은 채 먼 길을 가는 젊은 부인을 만나게 되었습니다. 모자의 불쌍한 모습을 본 신사가 말에서 내려 아기를 업고 있는 여인을 말에 태웠습니다.

여인은 상당히 추워 보였는데 그럼에도 불구하고 혹독한 바람으로부터 아이를 보호하기 위해 겉옷을 벗어 아이에게 덮어주었습니다. 아이는 그 겉옷 덕분에 길에서도 잘 잤지만 여인은 거의 얼어죽을 지경이었습니다. 이대로 계속 가다가는 곧 얼어죽을 것만 같았습니다.

그것을 옆에서 지켜보고 있던 신사는 갑자기 여인을 말에서 내리게 하고 동시에 아기를 낚아채서 말을 타고 도망가버렸습니다.

여인은 갑작스러운 일에 놀라 미친 듯이 신사를 쫓아가면서 아기를 돌려달라고 외쳐댔습니다. 하지만 신사는 그 모든 것을 무시한 채 계속 도망쳤습니다.

그렇게 한참을 달린 후에야 신사는 말을 천천히 세웠습니다. 땀을 뻘뻘 흘리며 뒤쫓아온 여인에게 신사가 말했습니다.

"이런 방법을 써서 미안하군요. 이제 더 이상 춥지 않지요?"

항상 세심한 배려를 하는 사람이 되어야 합니다. 눈에 보이는 도움보다 상대방의 상황에 맞는 세심한 배려가 더 큰 힘을 발휘합니다.

세심한 배려야말로 낭떠러지에 떨어진 사람을 가장 확실하게 구해주는 안전벨트이지요.

두 개의 눈

한 사업가가 사업 자금을 대출받기 위해 은행에 갔습니다. 대출 담당자를 찾아가 모든 구비 서류를 접수시키자 면밀히 서류를 검토한 담당자가 이렇게 말했습니다.

"사장님께 돈을 빌려드려야 할지 말아야 할지 이 서류만으로는 알 수가 없습니다. 그래서 사장님께 딱 한 번의 기회를 드리겠습니다. 제 눈을 잘 살펴보세요. 두 눈 가운데 한쪽은 유리눈입니다. 어느 쪽 눈이 유리눈인지 알아맞히시면 사장님께 돈을 대출해드리겠습니다."

사장은 무척 당황스러웠지만 돈을 빌려야 하니 어쩔 도리가 없었습니다. 그래서 찬찬히 그의 눈을 바라보았습니다.

"오른쪽 눈이 유리눈이군요."

담당자가 놀라서 물었습니다.

"내 오른쪽 눈이 유리눈이라는 것을 어떻게 아셨습니까?"

"그건 당신의 오른쪽 눈이 왼쪽 눈보다 더 자비롭게 보였기 때문입니다. 그래서 오른쪽 눈이 틀림없이 유리알이라고 굳게 믿었지요. 그 눈에서는 계산하는 마음이나 허위의 그림자가 전혀 비치지 않았으니까요."

사람에게는 두 가지 종류의 눈이 있습니다. 하나는 자신을 보는 눈, 또 다른 하나는 타인을 보는 눈입니다. 자신을 보는 눈은 언제나 관대하고 너그러워 용서에 인색하지 않은 반면, 타인을 보는 눈은 섭섭한 일을 항상 기억하고 물욕과 계산으로 가득 차 있어 용서를 모르는 허위의 눈입니다.

자신을 보는 눈은 엄격하고 치열한 반면, 타인을 보는 눈은 부드럽고 너그러운 생명의 빛으로 가득한 사람이 진정한 눈을 가진 사람입니다.

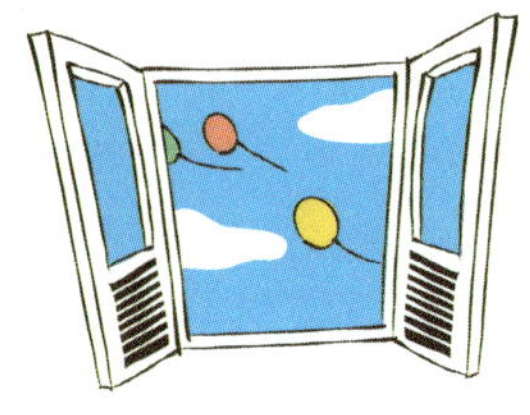

진정 살아 있다는 것

죽은 사람은 날이 갈수록 멀어지고
살아 있는 사람은 날이 갈수록 친해진다.
– 소통

언제나 시무룩한 표정을 짓고 있는 사나이가 있었습니다. 그는 아침에 일어나면 제일 먼저 하는 일이 신문을 들고 부고란을 읽는 것이었습니다.

아내가 농담으로 "당신 이름을 찾고 있어요?"라고 물을 정도였습니다. 그러면 그 남자는 "나의 사망 기사가 실려 있어도 상관없소"라고 말하곤 했습니다.

어느 날 그의 아내는 신문사에 전화를 걸어 부고란에 남편의 사망 소식을 실어 달라고 했습니다. 남편은 그 기사를 보고 커다란 충격을 받았습니다.

남편은 자신의 사망 기사를 오려서 매일 사용하는 세면장의 거울
에 붙였습니다.

그로부터 한 달 후, 그는 취직을 하고 활기차게 생활하기 시작했
습니다. 달라진 남편의 모습을 보고 아내가 출근하려는 그의 귀에다
대고 이렇게 속삭였습니다.

"제 남편이 저세상에서 다시 돌아왔어요."

마틴 루터 킹이 말했습니다.

"모든 비극 중에서 최악의 비극은 젊어서 죽는 것이 아니다. 일흔 살
까지 살면서 진정으로 살아 있지 않는 것, 그것이 가장 큰 비극이다."

살아 있으면서 내면이 죽어 있는 것은 인생 최대의 비극입니다.
그 비극을 희극으로, 마이너스를 플러스로 전환시킬 힘을 가진 사람
만이 진정으로 살아 있는 사람이 아니겠습니까?

결단의 순간

사람의 행동에는 때라는 것이 있다.
밀물을 잘 타면 운이 펼쳐지는 법이다.
– 셰익스피어

따뜻한 날을 만끽하며 평화롭게 지내
던 오리 떼가 있었습니다. 그들은 겨울이 다가오자 혹한을 피해 남
쪽으로 떠날 준비를 마치고 마지막으로 파티를 열어 잔뜩 준비한 곡
식을 배불리 먹었습니다.

드디어 출발의 순간이 다가왔습니다. 그런데 그때 오리 한 마리가
주저하며 이렇게 말했습니다.

"이곳의 곡식들은 마침 딱 먹기 좋으니 나는 좀 더 먹고 떠날 거야."

동료 오리들이 남쪽으로 다 떠난 뒤, 남은 오리는 맛있는 곡식들
로 배를 채웠습니다.

하루가 지났습니다. 오리는 음식이 남아 있으니 하루만 더 그곳에 머물기로 마음먹었습니다. 하루, 또 하루, 또 하루만 더……. 그렇게 며칠이 지나자 오리는 내일은 꼭 남쪽 나라로 출발해야겠다고 마음먹었습니다.

그러는 사이 바람은 차가워졌고 어느새 겨울이 왔습니다. 오리는 그제야 날개를 펴고 날아오를 준비를 했습니다. 하지만 오리는 너무 살이 쪄 있었고 겨울 하늘은 그에게 다시 날 수 있는 기회를 주지 않았습니다.

결단의 순간을 놓쳐버린 오리에게는 따뜻한 남쪽 나라로 갈 수 있는 자유가 없어졌고, 이제 남은 것은 매서운 추위뿐이었습니다.

열대지역의 어느 곳에서는 일 년 열두 달 꽃이 만발하지만 절대 꿀을 따지 않는다고 합니다. 그리고 꿀벌들은 꿀을 운반하고 저장해 두는 일을 하지 않는다고 합니다.

그곳에서는 꽃이 지는 일이 없어 일하지 않고서도 얼마든지 살 수 있기 때문에 벌들은 꽃 속에 가만히 앉아 있다가 죽음을 맞이하곤 합니다.

화 더하기 화

세상에서 자신이 제일 힘센 사나이라고 믿는 한 장사가 좁은 길을 걸어가고 있었습니다. 그런데 한참을 걸어가다 보니 사과 크기만 한 이상한 물건 하나가 길 가운데에 놓여 있었습니다.

"아니, 감히 내가 가는 길을 막고 있다니!"

그는 길에 놓여 있는 물건을 발로 툭 찼습니다. 그러자 사과 크기만 하던 것이 어느새 수박 크기만 하게 변해버렸습니다.

"어? 어떻게 된 거야?" 하며 다시 그것을 발로 힘껏 차자 이번에는 바위만큼 커졌습니다.

"뭐야, 나를 이겨보겠다고? 흥, 어림도 없다!"

더욱 화가 난 장사는 옆에 있던 몽둥이로 그것을 마구 내리쳤고 그것은 마침내 장사보다 더 커졌습니다. 화가 머리끝까지 치밀어오른 그는 그것을 들고 집어던지려 했습니다. 하지만 그럴수록 그것은 더욱 커져만 갔고 덩달아 그의 얼굴도 일그러져갔습니다.

결국 산더미만큼 커진 물건을 노려보기만 하던 장사 앞에 여신이 나타났습니다. 그런데 놀랍게도 그녀가 그 커다란 물건에게 웃으며 아름다운 노래를 들려주자 순식간에 다시 사과만 하게 변해 길모퉁이에 툭 떨어졌습니다.

여신이 말했습니다.

"마술처럼 보이나요? 하지만 이것은 당신도 충분히 부릴 수 있는 마술입니다. 화가 나는 순간 또 다른 화를 불러오지 마세요. 화는 화를 불러올 뿐입니다. 당신은 영원히 화에 파묻혀 살고 싶은가요? 조금만 참으면 곧 잊혀지는 것이 바로 당신의 마음속에 들어 있는 '화'입니다."

화라는 것은 건드리면 건드릴수록 크기만 더 커지고, 가만히 내버려두지 않는 한 결코 줄어들지 않습니다.

화가 머리끝까지 치밀어오를 때는 찡그리지 말고 오히려 한 번 웃
어보세요. 사람은 즐거워서 웃기도 하지만 웃다보면 즐거워지기도
하니까요.

그러는 사이 화는 어느새 보이지 않는 점이 되어 당신 곁을 영원
히 떠날 것입니다.

인생 주머니 속의 파란 구슬

자신의 욕망을 극복하는 사람이
강한 적을 물리친 사람보다 위대하다.
– 아리스토텔레스

"여러분, 내일 이 시간에 우리가 살아
있을 확률이 클까요? 죽어 있을 확률이 클까요?"

수학 교사가 학생들에게 질문을 던졌습니다. 학생들은 생각할 필요도 없이 당연하다는 듯이 동시에 대답했습니다.

"당연히 살아 있을 확률이 큽니다."

"왜 그렇게 생각하죠?"

학생들은 그 이유에 대해서는 쉽게 설명할 수가 없었습니다. 학생들의 마음을 읽은 교사가 말했습니다.

"시간을 충분히 줄 테니 토의를 해서 한번 밝혀보세요."

이렇게 해서 학생들은 토론을 시작했고, 시간이 꽤 흐른 후에 학

생대표가 일어나서 그 이유를 설명했습니다.

"큰 상자에 수없이 많은 구슬이 있다고 생각해보십시오. 구슬은 두 가지 색으로 구분되는데 그 색은 파란색과 빨간색입니다. 여기에서 파란 구슬은 삶을 의미하고, 빨간 구슬은 죽음을 의미합니다. 물론 빨간 구슬은 단 하나만 있고, 나머지는 전부 파란 구슬이지요. 그 상태에서 눈을 감고 상자에 손을 넣어 구슬을 하나 꺼낸다고 할 때 하나뿐인 빨간 구슬을 꺼낼 확률과 수없이 많이 들어 있는 파란 구슬을 꺼낼 확률 중 어느 것이 더 크겠습니다까? 당연히 삶을 의미하는 파란 구슬을 꺼낼 확률이 큽니다."

그 학생이 답변을 마치자 교실은 아이들의 환호성으로 가득 찼지만, 그것도 잠시뿐이었습니다.

수학 교사가 다시 질문을 던졌습니다.

"그렇다면 상자에 각자 몇 개의 파란 구슬을 넣을 생각입니까?"

학생들은 그 질문을 듣고 멍하니 선생님만 바라보았습니다. 교실 안은 찬물을 끼얹은 듯 정적만 감돌았습니다. 학생들은 아무도 수학 교사의 그 짧은 질문에 대답을 할 수 없었습니다. 끝없는 침묵만이 교실을 에워싸고 있었습니다.

선생님은 사랑스러운 눈빛으로 학생들을 바라보며 말했습니다.

"내 생각이 맞는다면 여러분이 말한 파란 구슬은 노력, 의지, 사랑, 배려, 감사일 것이고, 빨간 구슬은 좌절, 고통, 의심, 미움, 시기이겠지요? 그렇다면 인생 주머니에 넣을 파란 구슬은 각자 여러분 마음에 따라 움직이는 것입니다. 그럼 각자 어떤 구슬을 준비하고 있는지 말해볼까요?"

　당신은 살아 있는 사람입니까? 죽어 있는 사람입니까?
　당신은 인생 주머니에 파란 구슬을 가득 채운, 살아 숨쉬는 사람입니까? 아니면 빨간 구슬을 많이 가진 살아 있지만 죽은 사람입니까?

멈출 수 없는 습관

옛날 옛날에 원숭이들만 오순도순 모여 서로 의지하며 사는 나라가 있었습니다. 그들은 대통령 원숭이, 장관 원숭이, 장사꾼 원숭이, 사장 원숭이 등 인간 세계와 똑같은 사회를 이루고 살았습니다.

그러던 어느 날 한 원숭이가 길을 가다 버려져 있는 신발 한 켤레를 줍게 되었습니다. 원숭이는 얼른 신발을 주워서 신어보았는데 신기하게도 자신에게 꼭 맞는 것이었습니다.

그는 너무나도 기쁜 나머지 보는 원숭이마다 자랑을 하고 다녔습니다. 신발을 신으니 걸을 때에도 예전처럼 발이 아프지 않고 상처도 나지 않아 기분까지 좋다면서 늘 신발을 신고 다녔습니다. 그러기를 여러 달이 지났습니다.

어느덧 새 신발이 낡아서 못 신게 되었습니다. 이제 어쩔 수 없이 신발을 버리고 예전처럼 맨발로 돌아다녀야 했습니다. 그런데 문제가 생겼습니다. 그동안 신발을 신고 다니다 보니 단단했던 발바닥은 온데간데없고 약하고 물렁물렁한 발바닥만 남게 된 것입니다.

그 후로 원숭이는 한 걸음 한 걸음 내디딜 때마다 쓰라린 통증을 느끼며 고통의 눈물을 삼켜야만 했습니다. 편안함에 젖어 있던 원숭이의 발은 더 큰 고통을 겪게 된 것입니다.

'관성의 법칙' 이라는 말이 있습니다. 쉽게 말하면 날아가는 물체가 한순간에 딱 멈출 수 없는 것을 뜻합니다.

마찬가지입니다. 사람 또한 나쁜 쪽으로, 편한 쪽으로만 습관이 들면 어느 순간에 멈출 수가 없고 자신도 모르게 나쁜 쪽으로, 편한 쪽으로만 행동하게 되는 것입니다.

밥에 뜸이 들 때까지
기다리거라

지혜로운 자는 천 번의 생각 중에서 반드시 한 번의 실수가 있고,
어리석은 자는 천 번의 생각 중에 반드시 한 번의 이득이 있다.
– 사마천

"너는 왜 이것도 못하니? 이렇게 하면 되잖아!"

아이와 함께 문제집을 풀던 어머니가 자기 뜻대로 아이가 따라주지 않자, 답답한 마음에 직접 문제를 풀며 호통을 쳤습니다.

아이는 어머니의 눈치를 살피면서 다시 문제를 풀었습니다.

하지만 어머니는 또 소리를 쳤습니다.

"그렇게 하는 게 아니야. 이런 식으로 풀란 말이야."

그 모습이 안쓰러워 보였는지 곁에서 지켜보던 할머니가 말씀하셨습니다.

"어미야, 그러다 밥 안 되겠다."

그러자 어머니가 시계를 보았습니다.

"아니, 어머니. 아직 식사 때가 안 됐는데요."

"그 말이 아니라 그 애 머리에는 아직 뜸도 들지 않았다는 얘기란다."

"예? 그게 무슨 말씀이세요?"

어머니는 할머니의 말에 고개를 갸우뚱했습니다.

"너는 먹는 밥은 잘하는데 사람 밥은 잘 못 짓는 것 같구나. 애야, 밥도 되기 전에 뚜껑을 자꾸만 열어보면 어떻게 되었니?"

"물론 밥이 설익게 되죠."

"너는 지금 그 애를 어떤 방식으로 가르치고 있니? 좀 진득하게 지켜보려무나. 저도 애써서 하고 있는데 뭔가 결과도 나오기 전에 자꾸 흐트러뜨리면 되겠니?"

어머니는 할머니의 말에 얼굴이 빨개져서 아무 말도 하지 못했습니다.

사람들은 우리가 길러야 할 것이 지식이 아니라 지혜라는 것을 잘 알고 있습니다. 지혜는 지식과 달리 두꺼운 책에서 나오는 것이 아니라 수많은 시행착오에서 스스로 깨우치는 것입니다.

운전을 할 때 클러치를 서서히 떼는 동시에 액셀러레이터를 밟아야 하는 것은 누군가의 설명에 의해 알 수 있는 것이 아닙니다. 많은 시행착오를 겪으면서 자신이 스스로 알게 되는 것입니다.

시행착오와 예비시간 없이 모든 것을 성급하게 이루려고 하는 사람에게는 설익은 열매만 있을 뿐, 속이 꽉 찬 열매는 결코 주어지지 않는 법입니다.

늙은 악마는
이렇게 말했다

사람은 사랑을 하는 한 용서한다.
– 라 로슈푸코

악마들이 중대한 회의를 열었습니다.

회의 주제는 어떻게 하면 모든 인간을 멸망시킬 수 있는가 하는 것이었습니다. 많은 악마들이 하나씩 자신의 의견을 내놓았습니다.

한 악마가 자신에 찬 목소리로 발표했습니다.

"인간들은 돈에 약합니다. 돈을 많이 주고 흥청망청 쓰게 해서 그들을 타락시키는 것은 어떨까요?"

또 다른 악마가 다른 의견을 내놓았습니다.

"아닙니다. 그들은 술을 마시면 돼지와 개처럼 추잡하게 되니 술로 인간들을 공략해야 합니다."

그 외에도 성적인 욕망으로 타락을 시키자, 인간의 욕심을 키워야 한다는 등의 의견들이 나왔습니다.

들고 있던 악마의 왕은 별로 신통치 않았는지 아무 말도 하지 않았습니다. 그때 구석에 앉아 있던 늙은 악마가 말했습니다.

"여보게 젊은이들, 그대들이 내놓은 의견은 다 사용한 방법이라네. 그것으로 인간들을 우리 소유로 만들고 망하게 했지만 완전히 굴복시키지는 못했어. 왜냐하면 인간에겐 소망과 사랑이란 것이 있기 때문이지. 그러니 소망과 사랑이란 것을 빼앗아야 그들을 전부 망하게 할 수 있을 걸세."

그 말을 들은 악마의 왕은 그제야 고개를 끄덕였고, 악마들은 모든 노력을 총동원해 인간에게서 소망과 사랑을 빼앗자고 결의했습니다.

아무리 가난해도 소망과 사랑이 있는 한 마음만은 부자입니다. 우리가 소망과 사랑을 잃지 않는 한 악마들이 침범할 자리는 없겠지요.

눈이 소리없이 곱게 쌓여가듯이 우리에게도 소망과 사랑이 차곡차곡 쌓여가는, 사람 향기 넘치는 세상이 되었으면 좋겠습니다.

밀가루 벽돌과
시멘트 빵

모든 풍문은 위험하다. 좋은 풍문은 질투를 유발하고,
나쁜 풍문은 치욕을 부르기 때문이다.
― 토마스 프라

밀가루를 싣고 빵 공장으로 가는 트럭

과 시멘트를 싣고 벽돌 공장으로 가는 트럭이 나란히 고속도로를 달

리고 있었습니다. 한참을 달리던 두 트럭은 같은 휴게소에 들러 잠

시 쉬었습니다.

두 운전사들은 밥을 먹고 목적지로 가기 위해 다시 트럭을 탔는데

어딘가 조금 이상한 점이 느껴졌습니다.

그렇지만 두 사람은 별 신경을 쓰지 않고 목적지를 향해 출발했습

니다. 트럭을 몰고 가던 두 운전사는 한참 후에야 트럭이 바뀌었다

는 것을 알게 되었습니다.

그러자 두 사람은 모두 '알 게 뭐야? 내 짐도 아닌데'라고 생각했습니다. 결국 밀가루 트럭은 벽돌 공장으로, 시멘트 트럭은 빵 공장으로 가게 되었습니다.

벽돌 공장에서 밀가루로 벽돌을 만들던 사람들은 이상하다고 생각했지만 '이 시멘트는 밀가루처럼 부드럽네? 하지만 내가 알 게 뭐야'라고 무시해버렸습니다. 빵 공장에서 일하는 사람들도 반죽을 하다가 뭔가 잘 뭉쳐지지 않자 고개를 갸우뚱거렸습니다.

'오늘따라 밀가루가 왜 이렇게 거칠지? 흥! 알 게 뭐야, 내가 먹을 것도 아닌데.'

이렇게 해서 밀가루 벽돌은 건물 공사장으로, 시멘트 빵은 각 가정으로 배달되었습니다.

얼마 후 평화로웠던 도시는 밀가루 벽돌 건물이 '우르르, 폭삭' 하며 무너지는 소리와 시멘트 빵을 '와자작, 아야!' 씹는 소음으로 가득 차게 되었습니다.

세상을 아름답게 하는 말은 '나부터' '내가 먼저 시작한다면' 입니다. 세상을 가장 황폐하게 하는 말은 '나 하나쯤이야' '내가 알 게 뭐야' 입니다.

마지막 꿀물

하루 일과를 마치고 피곤한 몸으로 귀가를 하던 한 청년에게 사탄이 찾아왔습니다. 사탄은 자신이 들고온 열 개의 병을 내보이며 청년에게 게임을 하자고 말했습니다.

"이 열 개의 병 중에 단 한 개에만 독약이 들어 있고 나머지 아홉 개의 병에는 달콤한 꿀이 들어 있지. 만약에 자네가 꿀이 들어 있는 병을 고른다면 엄청난 돈을 주겠네. 자, 한번 골라보게나."

청년은 고민하다가 한 병을 골라 마셨습니다. 그러자 달디단 꿀물이 목을 타고 들어왔습니다.

"와, 살았다! 자, 어서 약속한 돈을 주고 썩 꺼져버려!"

의기양양한 청년에게 사탄은 약속대로 엄청난 돈을 주며 말했습니다.

"언제라도 돈이 필요할 때 날 찾아오게나. 다음엔 돈을 곱으로 줄 테니."

청년은 많은 돈을 쉽게 번 후부터 생활 자체가 달라졌습니다. 다니던 직장도 그만두었고, 술과 도박에 깊이 빠져버렸습니다. 술 때문에 건강도 극도로 나빠진 상태였고, 더 이상 직장을 구할 생각도 하지 않은 채 점점 나이만 먹어갔습니다. 돈이 필요할 때는 스스럼없이 사탄을 찾아가 게임을 하고 돈을 가져왔습니다.

어느덧 청년은 노인이 되었고 이제 남은 병은 두 개뿐이었습니다. 그는 떨리는 손으로 마지막 남은 두 개의 병 중에서 하나를 골랐습니다. 그리고 단숨에 들이켰습니다. 꿀물이었습니다.

"내가 이겼어! 마지막까지 내가 이긴 거야. 자, 돈을 줘. 어서 돈을 달라고!"

기뻐하는 그의 모습을 비웃으며 지켜보던 사탄은 마지막 남은 병을 자신이 들이켰습니다.

"자, 이래도 네가 이겼다고 생각해? 애초에 독약이란 것은 있지도 않았어. 하지만 너는 독약으로 인해 이미 죽어가고 있어. 내가 준 돈으로 네 인생은 이미 돌이킬 수 없을 만큼 망가졌다고! 하하하! 나는 돈으로 네 인생을 산 거야.”

　서둘러 주위를 둘러보세요. 돈과 쾌락으로 흐트러진 그대를 가장 좋은 먹잇감으로 삼고 끊임없이 유혹하고 있을지 모르니……. 그 유혹은 언제나 한꺼번에 그대를 소유하려 하지 않고 지극히 조금씩 그대를 갉아먹고 있기에 느끼지 못할지도 모릅니다.
　서둘러 주위를 둘러보세요.

남을 먼저
생각하는 마음

증오는 억제된 연속적인 분노다.
– 샤를르 뒤클로

깊은 산골짜기에 작은 옹달샘이 있었습니다. 작은 금붕어 두 마리가 맑은 물속에서 평화롭게 살고 있었습니다.

사이좋게 지내던 두 금붕어는 어느 날부턴가 무슨 이유에서인지 서로에게 오해가 생겨 말을 하지 않았습니다.

그러더니 급기야 둘은 싸우기에 이르렀습니다. 싸움이 점점 치열해지더니 서로를 물어뜯어 피까지 흘리기 시작했습니다. 결국 힘이 약한 금붕어가 죽고 말았습니다. 살아남은 금붕어는 승리감에 도취되었지만 어딘가 찜찜함을 감출 수 없었습니다.

시간이 지났습니다. 죽은 금붕어 때문에 옹달샘은 점점 오염되어

갔습니다. 결국 살아남은 금붕어마저 오염된 물 때문에 병이 들어 죽고 말았습니다.

개구리와 쥐가 유일한 친구인 아기뱀이 살고 있었습니다. 엄마뱀이 물었습니다.

"너는 왜 개구리와 쥐를 먹지 않니?"

"둘 다 제 친구인걸요."

엄마뱀은 아기뱀이 배가 고프면서도 개구리와 쥐를 잡아먹지 않는 것을 이해할 수 없었습니다. 한편 아기뱀은 엄마뱀을 이해할 수 없었습니다.

'우리는 친구인데 왜 잡아먹어야 하지?'

아기뱀은 배가 고팠지만 차마 착한 친구들을 잡아먹을 수는 없었습니다. 그리고 점점 더 배가 고파지자 곰곰이 생각한 끝에 자신의 꼬리를 조금씩 뜯어먹기로 했습니다.

아기뱀은 마음과 몸이 아팠지만 추호도 친구들을 먹을 생각은 하지 않았습니다. 마침내 형체도 남지 않은 아기뱀은 천사가 되어 천국의 문에 도착했습니다.